지질 시간

김백겸

1983년 『서울신문』 신춘문예를 통해 시인으로 등단했다.

시집 『비를 주제로 한 서정별곡』 『가슴에 앉힌 山 하나』 『북소리』 『비밀방』 『비밀정원』 『기호의 고고학』 『거울아 거울아』, 시론집 『시적 환상과 표현의 불꽃에 갇힌 시와 시인들』 『시를 읽는 천 개의 스펙트럼』 『시의 시뮬라크르와 실재라는 광원』을 썼다.

파란시선 0062 지질 시간

1판 1쇄 펴낸날 2020년 8월 30일
지은이 김백겸
디자인 최선영
인쇄인 (주)두경 정지오
펴낸이 채상우
펴낸곳 (주)함께하는출판그룹파란
등록번호 제2015-000068호
등록일자 2015년 9월 15일
주소 (10387) 경기도 고양시 일산서구 중앙로 1455 대우시티프라자 B1 202호
전화 031-919-4288
팩스 031-919-4287
모바일팩스 0504-441-3439
이메일 bookparan2015@hanmail.net

ⓒ김백겸, 2020, printed in Seoul, Korea

ISBN 979-11-87756-73-6 03810

값 10,000원

지질 시간

김백겸 시집

시인의 말

NAVER 사이버공간에는 한글 텍스트로 쓰인 시들이 있네
시들의 저자가 혹시 전생의 학인이었던가?
학인은 인공동면에서 꿈 깬 미이라 인생처럼 이상한 눈물을 흘리리라
로제타석의 비문 같은 기호의 난독에서
시란 이데아의 푸른 장미를 상기하는 스무고개임을 문득 깨달았기에

차례

시인의 말

제1부

제2부

해설

제1부

괴물, 스페이스

밤하늘에는 천억 태양이 춤추는 은하수
밤하늘에는 천억 은하수가 춤추는 유니버스
밤하늘에는 삼천대천의 별들이 중력장 왈츠를 추는 폴
리버스(polybus) 댄스홀

누가 이 괴물, 스페이스를 설계했나?

괴물, 스페이스는 레고 조각을 가지고 노는 게이머처럼
세계 형상을 부수고 또 만든다
괴물, 스페이스는 에너지의 바다 위에서 시바-나타라
쟈(shiva-nataraja)를 춤추게 한다
스페이스를 걸어가는 산책자는 시간의 아라비안나이트
에 매혹되어 발이 지칠 때까지 걸어간다
영겁의 한순간을 사는 특권
눈 깜짝 남가일몽이 더 잘 보일 때까지

하늘 문학

우리 유니버스는 어떻게 탄생하였을까요

비슈누의 연꽃 꿈에서 브라흐마가 3조 1천 1백 4억 년의
수명으로 창조했을까요

야훼가 태초의 말씀으로 7일 만에 만들었을까요

우주알 속의 반고(班固)가 자라면서 껍질이 천지가 되고
몸이 만물로 변신했을까요

카오스의 공간에서 코스모스가 자기 조직화하였을까요

빅뱅의 특이점에서 시간과 공간과 에너지와 물질이 풍
선처럼 폭발하였을까요

태초의 빛이 얼음처럼 식은 지구 행성에 당신과 내가
있습니다

시간과 공간은 얼마나 크고 넓은 걸까요

천문학책들은 유니버스가 십억 개의 별을 가진 십억 개의
은하성단으로 관측된다고 말합니다

거품 우주론은 관측된 유니버스가 빅뱅에서 일시에 부푼
거품 우주의 하나라고 그림을 그립니다

우주를 움직이는 다양한 힘들의 통섭을 시도한 끈이론
은 십의 오백 제곱에 해당하는 다른 폴리버스가 있을 수
있다고 하는군요

불타는 눈과 갈기를 세운 사자-스페이스의 몸통에서 암흑 에너지가 중중무진(重重無盡)의 사건을 천지 사방에 수놓았습니다

별들이 초신성의 폭발을 지나 블랙홀로 사라지는 물질 여행이 아라비아 양탄자처럼 화려했습니다

시공간에는 이상한 에너지파인 전자기파와 중력장의 파도들이 무한 바다로 흘러갔습니다

물극필반(物極必反)의 시간은 구만리장천의 하늘처럼 까마득한데 천문이 펼친 주역 64괘는 델포이의 신탁처럼 무서웠습니다

오호라

엘러건트 유니버스(elagant universe)는 불타는 양자(quantum)들이 존재의 도약을 꿈꾸는 홍루몽 대하소설

평행우주의 다른 앙코르와트 사원에 부조한 하늘 왕국의 서사가 궁금합니다

고대 인도의 마하바라타(Mahābhārata) 신화 같은 스페이스의 모든 탄생과 소멸이 수록된 하늘 문학은 언제 출판이 되는 것일까요

지질 시간

야훼가 진흙에 숨을 불어넣어 창조한 인간 기호—아담

로마인들이 흙이라는 뜻으로 부른 인간 기호—호모

불가에서 인간은 대지로 돌아가 적정(寂靜)을 얻는 존재
라는 뜻으로 기록한 열반 기호—니르바나

흙의 인간이 문명 기호로 쓴 지구 양피지에는 천일야화
같은 이야기들이 있다

B.C. 1만 년 전 충적세의 온화함 속에서 인류는 신석기
농업혁명을 시작했다는 기록

잉여농산물이 도시를 만들고 왕과 군대와 관료와 세금
과 정복 전쟁과 노예를 만들어서 인류 불평등이 시작되
었다는 기록

마약과 술이 인간 뇌를 자극해 진화의 오랜 잠 속에 갇
혀 있던 에고가 잠자는 숲속의 공주처럼 깨어나고 인류
는 세상의 영토를 기호와 숫자의 지도에 가두기 시작했
다는 기록

종교와 예술과 과학의 가설들이 팽창을 시작해서 밈(me-
me) 스토리들이 DNA처럼 대대손손 인간 뇌에서 떠돌아다
녔다는 기록

자본과 기술이 인간세를 축복해서 70억 인구가 하늘의

별처럼, 일억 가지의 상품이 바닷가 모래알처럼 넘쳐 났다는 기록

세계 각국에서 생산된 식품이 입맛에 맞춘 종류대로, 세계 디자이너들이 재단한 옷이 패션에 따른 종류대로, 화물선과 수송기로 나라의 항구와 공항마다 도착했다는 기록

인간 호기심이 컴퓨터와 휴대폰과 게임기를 제조하였으니 역사 이래 모든 지식과 재화에 대한 관리 정보가 마이크로 칩의 메모리로 들어갔다는 기록

지상에서는 도로와 철도가 문명의 동맥과 정맥처럼, 하늘에서는 구글 검색 네트워크가 정보의 거미줄처럼 뻗어 나갔다는 기록

문명의 특이점에서 딥러닝으로 무장한 AI가 출현하였는데 이로부터 시작된 기계문명 창세기가 빛의 속도로 굴러갔다는 기록

호모 에렉투스—흙으로 돌아가 일부 뼈만 남았다

호모 사피엔스—네안데르탈렌시스는 멸종하고 호모 사피엔스 사피엔스는 크로마뇽인과 북경원인으로 갈려 유전자를 전달했으나 모두 흙으로 돌아갔다

호모 파베르—도시와 문명을 건축했던 도구 인간도 흙으로 돌아갔다

호모 루덴스—놀이하는 인간도 흙으로 돌아갔다

호모 데우스—전지전능의 과학 지식과 기술 능력으로 스스로 신의 위치에 오른 인간도 흙으로 돌아갔다

세상의 모든 인류가 가이아 여신-칼리의 집으로 귀환했다

사피엔스

DNA는 지구 에덴에서 오천만 종으로 갈라진 거대한
생명 강으로 흘러가고 있다
　어머니 가이아-칼리 여신이 과거세에 말려 버린 생명
지류가 오억 종이나 된다고 하는구나
　인류세 이야기 속에서 호모 사피엔스-몽골리안의 배달
민족으로 태어난 우리들
　시간의 물굽이가 파도치는 현재에서 21세기 4차 산업
문명의 배를 타고 미래로 흘러간다

　5백만 년 전에 아프리카 사바나의 나무에서 초원으로
내려온 원숭이와
　2백만 년 전에 두 발로 직립해서 지평선 너머의 세상으
로 걸어가기 시작한 원인과
　1십만 년 전에 유럽과 아시아와 아메리카 대륙으로 흘
러간 크로마뇽인과
　5천 년 전에 도시국가를 세우고 문자 시대를 시작한 수
메르인이 걸어온 험한 역사를 생각하니
　생명의 전개는 DNA가 전쟁과 평화 같은 플롯을 세워
주야장천으로 흘러간 대하 스토리였지

하지만 DNA가 사피엔스 지능을 디자인하면서 지구 대형 포유류가 멸종했다는 기록

크로노스를 죽인 제우스처럼 지구 왕자로 등극한 인간은 자연을 정복해서 주지육림의 잔치를 벌였다는 기록

인간이 사이버 증강현실에서 디지털 미인들과 밤낮으로 황음을 즐긴 아방궁의 주인공임을 역사에 기록했다는 기록

인간 지능이 딥러닝 AI를 디자인하면서 AI 로봇들이 인류의 지배자로 등장하리라는 미래학자들의 예언

누구를 탓하며 무엇을 후회하랴?

스페이스-유니버스가 스스로 즐기는 양자중력장의 형상 놀이는 목적이 없거늘

갈라지고 잘라지는 진화의 나뭇가지 한끝에서 고릴라와 침팬지와 함께 어울려 뛰놀았던 인간이여

너는 이제 가이아-에덴으로부터 도망쳐 나와 실낙원의 고통 속에 살고 있구나

네가 앉은 지구-생명나무를 문명의 톱으로 잘라 자본의 화덕에 연료로 던지려 하는구나

삼십억 년 생명 역사에서 오억 종의 몸과 이름이 시간의

포말로 사라진 것처럼

　너도 죽음의 부표를 넘어가 대양의 어둠으로 돌아가려
하는구나

타임머신, 구운몽

4차 산업 혁명 시대의 양자 컴퓨터에는 어떤 소원도 이루어 주는 마법사가 살고 있다는 소문

21세기 알라딘 램프는 인공지능 지니가 4D 입체 프로그램으로 바그다드 술탄의 왕궁에서 팔선녀를 마법 양탄자로 실어와 구운몽의 인생을 제공한다는 소문

괴물이 딥러닝으로 창조한 사유 능력은 인간이 디자인한 신의 환상-전지전능을 초월하게 될까

인류는 양자 컴퓨터가 슈퍼 계산력으로 펼치는 매트릭스에서 오라클의 데이터베이스로 편입되어 살아가게 되려나

양자 컴퓨터가 연산하고 암호화하고 디스플레이하는 정보의 가상공간 속에서

은퇴 백수가 오송역 출발 KTX로 서울역에 내리니

메가시티 빌딩과 지하철은 시멘트와 철근과 강판으로 쓴 회로기판의 입체 기호들

은퇴 백수는 네이버 지도의 내비게이션을 들여다보는 기호 문명 속에 있었지

은퇴 백수는 엔지니어와 디자이너들의 의식을 바라보며 걸어가는 4D 미술관 관람객이었을까

아니면 기호의 감옥 속에 갇혀 있는 학인이었을까

4차 산업 혁명은 AI와 로봇이 모든 인류를 에덴의 감옥
으로 휴거한다고 예언한다

인류는 젖과 꿀이 흐르는 가상현실의 숲에서 구운몽의
팔선녀와 섹스를 즐기는 파라다이스에서 영생을 얻는다
고 광고한다

인류는 프로그램 캡슐 속에서 무한 태양에너지 부양을
받으리라

인류는 반도체 피라미드 속에서 이집트 태양신 라의 신
민으로 누워 있는 기억 미이라가 되리라

고대문명 선지자들의 기획대로

평행우주에서 다른 나(Self)는 어떤 삶을 살고 있을까

이집트 투트시모스 4세는 왕자 시절 스핑크스의 발밑에서 잠들었다가 파라오가 되리라는 예언을 받았다지

마호메트는 꿈속에서 천사장 가브리엘과 함께 은빛 말을 타고 천상의 일곱 세계를 지나 알라를 만난 후 예언자가 되었다지

위대한 꿈의 풍경들이 시간의 주름에 접혀 있다가 실밥이 터진 틈으로 잠깐 흘러나와 카르마 블랙박스-늙은 학인의 심장을 아프게 하네

늙은 학인이 높은 탑의 계단을 기진맥진으로 올라가서 드러누운 꿈을 꾼 그날 오전, 서울신문에서 전화가 와서 신춘문예 당선 소감을 썼던 기억

늙은 학인이 가마를 타고 영전하는 상관의 뒤를 작은 가마를 타고 가다가 가마가 부서져 걸어가는 꿈을 꾼 후, 상관은 실장으로 승진했으나 과장 후보 심사에서 일 년을 더 기다려야 했던 기억

보르헤스가 픽션들에서 말한 '끝없이 갈라지는 길들이 있는 정원'을 생각하네

매 순간마다 사건의 빅뱅이 일어나고 모든 경우의 수가

가능한 폴리버스를 상상하네

늙은 아이가 길을 바꿀 때마다 달라지는 판단과 행동의 양자 도약이 일어나는 시공간의 미로 정원

그 다른 평행우주에서 나(Self)─죽지 않는 에너지 형상은 어떤 삶을 살고 있을까

첫사랑의 여자와 결혼한 늙은 아이는 LA로 이민 가서 세탁소를 경영하며 검은 머리 파뿌리 되도록 작은 행복을 누렸을까

아버지의 바람대로 대전고등학교 대신 대전상고에 진학해서 상호저축은행 이사장이 되어 있을까

시인 대신 좌파 혁명가가 되어 모택동이나 레닌처럼 상상 대신 현실을 뒤집었을까

은하수들의 정체와 인간의 운명에 대한 몽상에서 깨어나니 창밖은 캄캄한 새벽

늙은 학인이 선택한 지금 현재는 2020년 코로나바이러스가 세기의 재난으로 지구촌을 공황으로 몰아가는 중

15세기 페스트 같은 공포가 잠 못 드는 쇠약한 인생을 통과하는 중

예지몽에 사로잡힌 늙은 아이의 무의식이 운명이 연출한 환몽의 사건들을 보고 있는 중

  늙은 학인이 깜짝 놀라 현실의 집으로 귀환하니 새벽노을이 핏빛처럼 벌건 새벽이었지
  베란다에 핀 남천의 나뭇잎들이 바람에 불붙은 머리칼처럼 휘어지고 있는 아침이었지
  태양의 마법이 시공간의 상전벽해를 밝게 비추고 있는 순간이었지
  백팔번뇌가 포말로 부서져 검푸른 법상(法相)의 심연으로 흘러가고 있는 순간이었지
  양자 중력 에너지가 초끈으로 얽히고 있는─양자 도약 사건들이 지금 현재를 울울창창하게 수놓고 있는 2020년 4월 20일 세종시 반곡로 14, 107동 302호였지

율도국

세종시는 태양신-바로의 이집트 수도처럼 흑암 안개가 돌아다니는 도시가 되었다

코로나바이러스가 세종 시민들의 이마에 카인의 표지가 있는지를 확인하고 있으니

세종 시민들이 코로나바이러스가 전차를 타고 추격하는 엑소더스의 길-홍해처럼 캄캄하게 드러난 심리적 거리 두기를 통과해서 신천지의 세상으로 자의 반 타의 반으로 걸어간 2020 경자(庚子)년의 봄날

코로나바이러스는 염라대왕이 특명으로 파견한 십자군이라는 상상

우한 박쥐-죽음의 선교사가 인간의 자본 도시가 탐욕으로 오염되었으니 지옥의 군대를 보내 달라는 요청이 승인되었다는 상상

14세기 유럽의 인구가 늘자 가이아는 페스트를 보내 유럽 인구의 3분지 1을 쓸어 버렸다는 기록이 있었지

지구촌 70억 인구가 지구 자원을 말려 가고 있으니 가이아가 코로나바이러스로 제2차 페스트 전쟁을 원한다는 상상

스스로 증식해서 불사를 복사하는 바이러스

죽음이 없으므로 사랑의 고통도 없고 그래서 불안도 없는 바이러스는 로봇 군대처럼 오직 증식이 목표

바이러스와 인간의 면역 체계가 제국의 전쟁을 벌이면서

인간의 몸이 썩고 100억 뇌세포가 만든 거울-에고도 썩는 상상

그 결과로 인간의 목숨이 중환자실에서 심장과 호흡을 멈추는 상상

그 결과로 인간의 일생이 화장장의 흰 연기로 소각되는 상상

코로나바이러스가 망나니처럼 죽음을 춤추며 돌아다니니 산 자들의 얼굴이 흙빛이 되었구나

명종 시대 남사고가 쓴 격암유록(格菴遺錄)이 예언한 괴질-흑암 연기가 세상을 돌아다니니 사람들이 서서 죽고 가다가 죽고 일하다가 죽는다고 했으니 진위를 떠나 재미있는 전거(典據)라는 생각

격암유록이 말세에 3년 괴질과 2년 가뭄에 모든 나라의 출입이 끊어진다고 했으니 진위를 떠나 중국 사람들의 입국을 막는 선진국들의 조치가 그 결과인가

모세가 출애굽기에서 예언한 독한 안개가 바로가 통치
한 이집트의 모든 장자들을 죽이는 장면이 생각나네

하지만 인간의 생명 의지는 죽음의 강에서 필사적으
로 헤엄치는 난민들과 같으니 각국 정부는 전세기를 띄
워 우한 지옥과 요코하마의 크루즈선으로부터 자국민을
구출해 온다
방호복과 마스크를 쓴 의료진들은 히포크라테스의 선
서를 위해 아프리카의 슈바이처처럼 이 난세의 등불이 되
고 있다는 생각

조선 시대 허균이 홍길동전을 통해 그려 내려 했던 율
도국은 현실에는 없고 소설과 영화와 인간의 몽상에 있으
니 코로나바이러스가 현실에서 유배한 시간에 새로운 몽
상의 율도국이 부상한다는 생각

홍루몽과 아웃 오브 아프리카

오스카 와일드가 인구조사표에 나이: 19세, 직업: 천재, 병약한 곳: 재능이라고 썼다는 윌리엄 버틀러 예이츠의 기록

옥스포드를 졸업한 신문기자가 나는 뭐라고 써야 할까요 묻자

오스카 와일드가 직업: 재능, 병약한 곳: 천재라고 대답했다는 윌리엄 버틀러 예이츠의 기록

오스카 와일드가 한국의 은퇴 백수를 보고 평가한다면 직업: 백수, 병약한 곳: 천재라고 썼을 거라는 생각

오스카 와일드라면 순식간에 100억을 탕진할 계획을 세웠을 것이나 한국의 백수는 1년에 10억 쓸 계획도 내놓지 못하는 걸 보니 천재가 아닌 것은 분명하다는 생각

생각해 보니 등단 후 삼류 작가들은 대충 10년을 견디지 못하고 사라진다

이류 작가들은 대충 20년을 견디고 사라진다

일류 작가들은 30년을 지나 자신이 죽을 때까지 견디고 사라진다

천재와 대가들만 자신의 작품에 연금(鍊金)의 상상력을 도금해서 죽은 후에도 시간의 부패를 견딘다

오스카 와일드는 퇴폐 상상력의 문체를 도금해서 소설

이 살아남았다는 생각

　코로나바이러스의 가택 연금에 은퇴 백수가 중국 문학
사의 부패를 견딘 홍루몽을 펼쳐 보네
　홍루몽의 인물-황제의 귀비가 된 원춘이 친정 나들이
기념으로 만들어진 대관원(大觀園)의 무대가 있고―그 정
원에서 사는 주인공 가보옥과 임대옥의 연애 스토리
　"여자는 물로 만들어서 깨끗하고 상쾌하며" "천지간의
모든 정기가 여자에게 모아졌다"고 여자를 찬양하며 "남
자는 진흙으로 만들어져 더럽고 구역질이 난다"고 말하는
페미니스트-가보옥
　주인공 가보옥이 여자들과의 사랑으로 의음(意淫)의 진
리를 깨닫는 주제의 홍루몽
　여자처럼 섬세한 가보옥의 성격과 운명은 조설근 자
신의 아니마였는데 등장인물들의 캐릭터가 백가쟁명하는
봄꽃들처럼 화려한 모습이라는 생각

　강희제가 죽고 옹정제가 등극하는 황자의 난에서 줄을
잘못 선 조설근의 부친 조부가 삭탈관직에 재산 몰수가 되
면서 가문이 몰락한 조설근은 말년에 죽으로 끼니를 연명

하며 십 년간의 피와 땀으로 홍루몽을 썼다지

　홍루몽은 작가의 집안이 번성 귀족이어서 만 권 책과 천 명의 문사들이 있는 화려한 무대에서 희로애락의 세월이 검은 글씨의 문장을 이룬 대하 스토리

　작가 조설근이 40에 죽으니 남은 재산은 과부 며느리와 거문고와 칼뿐이었다는 기록

　후세인들의 연구가 홍학(紅學)을 이룬 홍루몽은 조설근의 집안 몰락과 일생의 신산이 만든 콤플렉스의 환몽인가

　홍루몽은 유교 윤리가 감옥이 된 중국 문화에서 고목에서 피어난 한 송이 홍매 같은 아름다움이었으니 만리장성과도 바꾸지 않겠다는 중국인들의 자부심이었다는 기록

　영국인들이 인도와도 바꾸지 않겠다는 셰익스피어를 빗댄 허장성세의 말씀이었지만

　은퇴 백수가 생각해 보니 한 작가의 파란만장한 삶이 위대한 소설로 남은 작품이 유럽에도 있다

　막대한 재산을 상속받은 덴마크의 부르주아 카렌이 커피 농사와 결혼의 인생 실험을 위해 아프리카로 떠났으나 친구인 브릭센 남작과의 결혼도 커피 농사도 모두 실패하

고 초원의 야생 사냥꾼 데니스와의 불륜만 추억으로 남은 소설 아웃 오브 아프리카

막대한 돈을 탕진한 모험이 한 편의 소설로 남아 카렌 브릭센의 삶을 고전으로 만들었으니 저승으로 가져갈 수 없는 돈을 지금 현재의 삶에 베팅한 여자의 용기가 빛나는 아웃 오브 아프리카

서가에 꽂힌 장편소설의 표지를 쳐다보다가 네이버 영화에서 다운받아 약식으로 스토리를 돌려 보네

소설 아웃 오브 아프리카는 주인공 카렌이 아프리카 마사이족과 기쿠유족과 소말리족과 어울려 초원에서 살아가는 백인 여자의 고투에 관한 이야기였지만 영화감독 시드니 폴락이 메릴 스트립과 로버트 레드포드와 클라우스 마리아 브렌다우어를 캐스팅해서 남녀의 일생들이 복잡하게 얽히는 연애물로 포장한 영화

주인공 카렌이 친지와 파혼한 브릭센 남작에게 자신의 돈을 보고 결혼해 달라는 청혼 장면이 인상 깊었던 영화

영화 아웃 오브 아프리카에서 야생 사자가 사냥을 나선 카렌 브릭센-메릴 스트립을 향해 달려오는 장면이 있

었지

　이빨과 발톱이 날카롭게 선 야생 사자가 심장이 불타는 여자의 일생을 향해 질주하는 장면

　감독은 연애의 욕망과 죽음이 장전된 인간의 삶이 엽총의 총알처럼 날아가 갈기가 빛나는 사자에게 명중되는 순간을 보여 주려 했다는 한국 시인의 생각

　황혼의 붉은 피가 내린 세종시에

　황혼에 하얀 머리가 내린 늙은 산보자의 인생이 걸어가는 세종시에

　사자처럼 목덜미의 갈기를 날리며 운명의 수레바퀴를 돌리는 세월의 세찬 바람이 불어오네

　엽총이 있다면 한 발의 탄환으로 달려오는 세월의 사자를 명중시키고 싶지만 한국의 은퇴 백수는 카렌 브릭센처럼 막대한 재산도 없고 아프리카로 떠날 용기도 없고 피의 정열도 없구나

　아프리카의 초원, 사자, 엽총 같은 언어만 있을 뿐

제2부

석류

가을의 석류여
검은 새벽에 씨앗을 터뜨린다
잠재태로서의 과거세 모든 존재 기억과
현실태로서의 생로병사 모든 사건과
가능태로서의 미래세 모든 풍경을 품고 씨앗들이 깨어
난다

석류는 내 독사의 추억 속에서 이브처럼 세상을 유혹
한다
석류는 에피스테메의 영원 속에서 지금 이 순간의 벡터
에너지를 드러낸다
석류의 자궁 속에서 붉은 씨앗들이 검은 눈을 뜬다

●에피스테메(episteme): 이데아를 파악하는 객관적인 인식.
●독사(doxa): 억견(臆見). 에피스테메의 반대말.

들판의 백합, 타우마제인

시인 예수는 들판의 백합이 아름답다고 말했지
백합을 피워 낸 암흑 질서―솔로몬의 영광보다도 아름
다운 자연 형상은 때와 곳에 구애받지 않는구나
학인이 그-영원한 얼굴을 그려 내려 할수록
그-영원한 얼굴은 붓을 쥔 손가락에서 빠져나가 하늘
의 구름이나 숲의 바람으로 흘러간다

대지의 어둠으로부터 밝은 태양을 향해 일어선 백합의
비밀, 타우마제인을 학인은 보고자 했지
'백합이 백합이고 백합이다'라는 명제의 비밀
저녁에 핀 한 송이 백합에게는 학인이 너무 늦게 도착
했고 새벽에 핀 한 송이 백합에게는 학인이 너무 일찍 도
착한 모양

데메테르의 딸 페로세포네 같은 백합이 지금 학인 앞에
현존하는 것
이 기쁨이 백합의 운명
혹은 태양의 사명
혹은 시간이라는 폭풍의 비밀

•타우마제인(taumazein): 삼라만상이 있는 그대로의 모습에 대한 놀람과 경탄.

•데메테르(Demeter): 대지의 여신.

•페르세포네(Persephone): 데메테르의 딸로, 미모로 인해 저승의 신-하데스에게 납치되었다가 다시 귀환해 1년 중 3분의 2는 지상에 머물고 나머지 3분의 1은 하계에서 하데스의 아내로 지내게 된다. 페르세포네의 지상 귀환은 인간의 영혼이 윤회를 통해 다시 물질세계로 환생하는 것을 상징.

창백한 달, 포세이돈의 인장(印章)

바다는 영원하리

지상의 모든 시간이 흘러들어 검푸른 심해, 저승의 용
궁이 이루어졌으니

밤이 오자 창백한 달, 포세이돈의 인장을 드러내 세상
의 모든 강이 지나온 사건과 역사를 귀환하도록 명령하
고 있으니

아름다워라, 푸른 비단 한 자락

　창밖의 밤이 푸른 비단 한 자락처럼 내려왔군
　430억 광년 지름의 풍선처럼 부풀고 있는 스페이스, 밤의 푸른 비단 한 자락이
　천억 태양을 품은 천억 은하수가 태어났다가 죽는 캄캄한 스페이스, 밤의 푸른 비단 한 자락이
　판타지 애니메이션 은하철도 999가 레일로드를 달리고 있는 스페이스, 밤의 푸른 비단 한 자락이
　알라딘의 마법 양탄자같이 자유자재로 구부러지는 스페이스, 밤의 푸른 비단 한 자락이

코스모스, 태양의 딸들은 아름답다

빛 폭풍에 온몸을 내맡겨 생명의 격렬함과 속삭임을
연주하고 있는 꽃잎들이여
암흑 질서 에너지가 화살처럼 적중하고 있는 코스모스
과녁이여

그 목숨 표지가
낙인처럼 사진작가 렌즈에 찍혀 디지털 메모리에 흔적
으로 남을 때
바람 속에 흔들리는—빛의 변환인 코스모스(cosmos) 춤을
수정 렌즈처럼 들여다보고 있는
태양의 눈

스타벅스 로고

로렐라이 언덕의 미녀
파도 속에서 사이렌의 노래를 부르는 미녀
꼬리지느러미가 둘로 갈라진 인어 미녀
그리스 신화 원전에서는 머리는 여자고 몸통은 새인 키
메라 미녀
학의 다리로 걸어 다니는 미녀
DNA를 분석하면 익룡의 이빨과 부리도 숨어 있는 미녀
밈(meme)의 하늘을 날아다니는 미녀
스타벅스 로고 속에서 웃고 있는 미녀
커피 키스로 유혹하는 미녀

금강, 스틱스

산자락 아래 무더기로 핀 갈대는 세월의 백발 같다
물안개 속을 흐르는 금강의 침묵에는 저승 배의 노 젓는
소리가 들어 있다
영원이 순간의 파도로 이루어지면서 흘러가는 지옥도
불타는 환상을 가진 산보자의 발걸음이 저승의 풍경을
이승으로 불러내는 새벽
목숨의 꽃들을 피우고 또 스러지게 하는 암흑 에너지의
흐름처럼 금강은 흐른다
천 개의 지류가 흘러드는 인더스강처럼 은하수의 시간은
지금 현재를 통과해서 영원의 대양으로 흘러간다

바람의 언덕

맵시가 날렵한 풍력발전기는 비천(飛天)을 원하는 로봇
선녀 같구나
인도 아유타국에서 바람을 몰고 도착한 허황후의 타임
머신 배 같구나
김수로왕 72세 손인 내 목숨에 첫 키스의 낙인을 찍은
그날의 남해 바다처럼
구만리 밖, 검푸른 시간이 흘러가는 바람의 언덕

바람 에너지가 흘러가는 저녁 하늘을 바라보다가 K5는
하이 빔 켜고 내려왔지
시퍼런 불빛을 현재의 어둠에 뿌리면서
배고픈 호랑이처럼

구월의 장미

신라판 트로이 헬렌, 수로 부인이 해룡과의 신경전 끝에
지상으로 되돌아왔다는 해가사(海歌詞) 고사

수로 부인의 미색은 아파트 울타리에 넝쿨장미로 피어
있고
천년 바다의 어둠을 빨아들인 해룡의 정액이 수로 부인
의 자궁으로 흘러들어 간 순간을 생각해 보는 저녁

과거와 현재가 칵테일처럼 섞인 황혼에 기댄 넝쿨장미여
거미줄의 마른 나비에 깃든 억겁의 검은 응시가 너의 붉
은 얼굴과 함께 산보자를 쳐다보는 이 순간

길고양이는 유령처럼 길 한가운데 앉아 있다

초여름의 태양 아래 꿀벌들은 어디에 있는가요
초여름 숲의 그늘 아래 수국의 흰 꽃들은 등불처럼 빛
나고 있습니다
벌들은 십 리 밖에서도 날아오지요
흰 꽃들의 향기는 숲속의 외길을 따라가지요
길고양이는 안개처럼 흐려진 과거를 배경으로 길 가운데
앉아 있지요
현재가 화밀처럼 빛나는 한순간에
산보자의 인생처럼

겨울이 지나가니 초록 궁전의 여름이 왔다

산보자는 여름의 초록 궁전 한가운데를 질러간다

하늘매발톱은 프랑스 영화배우 마리옹 꼬디아르의 뇌쇄 눈을 하고 있네

공(空)으로 기초화장을 하고 색(色)으로 색채화장을 했구나

금계국이 황금 비단옷을 입고 지나간다

호박 노리개 같은 패물 부딪히는 소리가 초록 커튼이 내린 숲의 샛길에서 들려온다

산보자는 양이 모는 수레를 타고 후궁을 찾은 서진 황제 사마염처럼 꽃들의 화밀에 넋이 나갈 지경

밤하늘 눈썹에는 눈물 같은 별들

기억한다

문고리가 있는 창호지에 햇빛이 오자 단풍잎들이 꽃잎처럼 불타면서 탱자 울타리 아래 맹꽁이 소리가 콘트라베이스처럼 흘러나오던 순간의 기쁨

갑천변에는 억새 숲이 자랐는데 징검다리를 건너가는 발소리에 청둥오리가 물소리가 깊은 어둠 속으로 도망가는 순간의 기쁨

밤하늘 눈썹에는 눈물 같은 별들이 떴는데 갑사 주차장에 차를 대고 구름 사이 창백한 얼굴을 내비친 하얀 달빛의 허리를 안고 갔던 순간의 기쁨

붓꽃과 향어가 있는 세종호수

산보자가 햇빛과 붓꽃 그림자 속에 향어들이 놀고 있는
호숫가를 걸어간다
넝쿨장미가 성벽처럼 올라간 꽃 터널을 걸어가면서 보니
데이트 남녀가 산보자 눈을 피해 꽃 같은 키스를 한다

꽃그늘이 짙은 어둠 속에서 밝은 세상을 보는 산보자
는 청춘의 시절 인연에 발자국 소리를 내서 방해하고 싶
지 않다
세종호수가 부르카를 쓴 아라비아 여자처럼 둥그런 눈
을 떠서 하늘을 바라보는—지금 현재의 유혹을 방해하고
싶지 않다

하늘로 가는 에어버스의 시간표가 얼마 남지 않은 산
보자가 세종호수에 잠긴 하늘의 검고 푸른 눈동자를 들
여다보며
현재의 아름다운 세상에 대한 질투로 한 줄기 눈물을
흘리고 있는
초여름 오후의 무서운 순간

임도(林道)를 걷다

붉은 접시꽃이 비행접시 선단처럼 층층이 피어 있는 마을 어귀를 지나

흰 왜가리가 날개를 펴 날아간 산허리 계단 논을 지나

검은 오디와 버찌가 떨어지고, 오동나무 이파리 그림자가 뚝뚝 떨어져 있는 임도를 걸었네

침묵이 콸콸 흐르는 계곡으로 다른 세상의 복숭아 꽃잎이 떠내려오는 임도를 걸었네

금계국과 박새들의 울음이 있는 임도를 걸었네

아마존 밀림 같은 숲의 메가시티에는 인간을 반기지 않는 기운들이 있다

나무와 나무들이 원시 공산주의를 이루고 사는 생명 공동체 숲속에는 등산화와 지팡이 소리를 반기지 않는 찌푸린 표정들이 있다

산허리를 돌아간 임도의 끝에는 대전 공원묘지 후문

죽은 사람들의 비석

시간의 비단뱀이 남기고 간 허물의 무늬는 아름답다

　세종호수 공원의 입구에서 금귀걸이와 자수정 목걸이를 한—개양귀비같이 뺨이 붉은 처녀가 걸어왔다
　유럽 패션의 구찌 핸드백에 페라가모 구두와 에르메스 스카프를 걸친 처녀가 걸어왔다
　늙은 산보자를 보고 개양귀비 같은 미소를 보인 후 산들바람처럼 지나가기 위해 걸어왔다

　푸른 이파리를 꽃피운 처녀의 일생이 비단뱀처럼 구부러지며 클레오파트라의 쾌락과 독을 향유하는 개양귀비꽃을 피운 상상
　처녀의 아뢰야식—비단뱀이 시간의 허물을 벗고 햇빛에 투명해진 날개를 보여 줄 때까지 윤회의 수레바퀴를 롤러코스터처럼 돌아 나가는 상상
　그리고 그 흔적의 한순간, 비단뱀 허물의 무늬가 늙은 산보자의 기쁨과 원 나잇 스탠딩으로 만나는 상상

월하탄금도(月下彈琴圖)

언어로 제단을 쌓아 후세에 남을 한 편의 시를 만드는
일은 히브리 노예의 땀과 피로 피라미드를 세우는 일보다
힘든 일
월하독작(月下獨酌)을 위한 시이기에 시편을 물 위에 떠
내려 보내는 선비의 자부심은 타오르는 불 속에 눈이 녹
는 것처럼 순식간의 흥취
은퇴 백수는 소마주와 하시시를 가지고 히말라야 동굴
로 가야 할까

큰 바위가 있는 절벽에서 무현금(無玄琴)을 타는 은사(隱士)
구름 속의 달이 비치는 절벽에서 무현금을 타는 은사
시동이 찻물을 끓이고 있는 절벽에서 무현금을 타는
은사
악음(樂音)이 없기에 천지 사방이 괴괴한 그림
악도(樂道)만 있기에 심금(心琴)만 있는 그림

붓 천 자루에 벼루 백 개

예술가의 포에지는 손끝의 기교를 넘어서는 환상의 불
꽃에 있지

도공이 흙에서 빚어 올린 다기가 실용을 위해서는 막사
발이 되지만 임금에게 진상하기 위해 심혼을 불어넣으면
명기(名器)가 되지

예술가의 내면에서 불가마 천 도의 열이 미묘한 환상의
색감을 만들어 내는 비밀의 포에지

그 환상 불꽃이 없으면 도공은 도자기를 부수어야 하지

시도 꿰맨 흔적이 없는 언어의 태피스트리를 완성하기
위해서는 무수히 습작을 하고 버려야 하지

붓 천 자루에 벼루 백 개를 갈아서 버린 추사 김정희의
연습량처럼

옛 시인들이 시를 물 위에 떠내려 보낸 해프닝은 언어
의 초월이 아니라 언어에 절망했기 때문이라고 생각을 수
정하는 아침

제3부

동창(東窓)과 동창(凍瘡) 사이

동창(同窓)

학교에서 같은 창을 보면서 공부한 사이

고교 동창들이 부자집 곰탕에 모여 수육과 소주를 먹는 사이

부자나 가난한 자나 같은 세월을 보낸 사이

동창(東窓)

해가 뜨는 희망의 미래를 같이 쳐다본 사이

'동창이 밝았느냐 노고지리 우지진다' 농경시대 한가가 아니라 '새벽종이 울렸네 새 아침이 밝았네' 경제개발 속 도전에서 미래의 성공을 꿈꾸었던 사이

인생의 미래가 무서운 현실이었음을 몰랐던 사이

동창(東廠)

명 태조가 세운 사대부 감찰 비밀 정보부처럼 서로가 관심으로 감시하는 사이

누가 출세하고 누가 외국에 나갔는지, 자식들은 SKY 대학을 나와 고급 공무원이 되거나 대기업에 취직했는지를 물어보는 사이

할아버지가 된 후 종의 경쟁에서 패배하지 않았는지 흠

처보는 사이

동창(凍瘡)

시간의 겨울이 와서 얼굴에 검버섯이 뜨고 몸과 정신이
무너지는 종양을 키워 만나는 사이

일부는 벌써 공원묘지에 누워 있고 대부분은 은퇴 백수
로 병들어 가는 모습을 바라보는 사이

폭탄주와 노래방 가무로 KTX를 탄 죽음을 잊고자 하
는 사이

쿠바 버전 이솝 우화

추운 겨울이 오자 베짱이는 개미를 찾아간다
"내가 땀 흘리며 일할 때 너는 뭐했지?"
"열심히 노래해서 모두를 신명 나게 해 주었지"
"오호 그렇구나, 그럼 이제부터는 함께 춤추며 살자구
나"는 개미 말씀에 모두가 행복했다는 쿠바 버전 이솝 우화

육십을 넘기니 학력이 의미가 없고 칠십을 넘기면 재산
이 의미가 없어진다는 노년의 겨울이 왔다
시간의 배를 함께 탄 대전고 51회 노인 개미와 노인 베
짱이들이 2018년 5월 쿠바 버전의 이솝 우화를 모델로 행
복한 삼겹살 파티를 벌였다

최병갑이 남양주 주말농장에 초대한 휴일에
강희달이 오픈카로 친구들을 실어 나른 휴일에
김보균, 손문영, 배재문이 양주와 고기와 선물을 협찬한
휴일에
권윤중과 최광선이 미리 와 상추 따고 씻은 휴일에
김계동이 고기구이용 숯불을 피운 휴일에
송영각과 한관우가 삼겹살을 구운 휴일에
정광우와 김양중이 상차림을 준비한 휴일에

이돈배가 지각해서 노역을 면한 휴일에

　　모두가 개미처럼 일하고 준비한 파티에 길재성이 베짱
이처럼 놀고먹었으나 아무도 비난하지 않았던 휴일에

　　박종규가 사진을 찍어 이날의 순간을 기록한 휴일에

　　세종시 은퇴 백수도 가 보고 싶었으나 너무 멀어서 꿈
같은 장면을 카톡으로 바라만 보았던 휴일에

●쿠바 버전 이솝 우화: 고미숙의 『바보야, 문제는 돈이 아니라니까』에
서 인용.

목포의 눈물

햇빛이 시든 해바라기 꽃잎처럼 노래지는 오후
스포츠 색에 스마트폰을 넣고 블루투스 이어폰을 귀에
꽂은 채 산책을 나간다
이난영의 목포의 눈물을 듣는다
과거에 뽕짝이라고 경멸했던 노래
어느새 옛 가수의 비음과 선술집 작부의 젓가락 장단 같은
트로트가 달콤한 나이가 되었다

클래식 기타를 치는 고3 수학 교사 딸에게 "이 가수의
슬픈 음색이 기가 막히지 않냐?"고 동의를 구했더니
"에이, 저런 곡을 어떻게 들어요. 아빠 귀가 늙으셨어요."
하며 타박을 주었던 노래

클래식은 수학적 추상의 대위와 화성 때문에 훈련받은
감성만 접근이 가능하다
한때는 마이너 레이블의 음반 재고를 찾아 인터넷을 방
황한 컬렉터였지만
음반 속의 스타인웨이와 훔멜과 삼익의 피아노 음색을
구별할 수 있었을 때 음악을 놓아 버렸지
손가락 사이로 빠져나가는 부(富)를 물끄러미 바라보는

노년의 파산자처럼

　과거에 시골 버스 운전사가 틀어 놓은 가요반세기에서
목적지까지 간신히 참고 들었던 노래
　내가 딸아이만 한 나이였다면 똑같이 말했을 노래

꽃들은 시간에 창백하게 말라 가네

선교사 부인 플로렌스 크레인이 그린 들꽃 수채화와 한
국말과 영문 통상명과 학명이 남도의 전설과 함께 기록
된 양장본 책
Flowers and folk-lore from far Korea
1931년 도쿄에서 출판해서 크리스마스 선물로 인기가
있었다는 양장본 책
Flowers and folk-lore from far Korea
1969년 서울 가든클럽에서 복간한 한정판 오백 부를
육영수가 구입해 주한 외교사절 부인들에게 선물한
Flowers and folk-lore from far Korea

야생화 마니아 고교 동창 장원영이 인터넷을 뒤져 신림
동 중고서점에서 간신히 찾아낸
Flowers and folk-lore from far Korea
누가 채 갈까 봐 책값 이십만 원을 얼른 지급하고 벽
안의 첩을 들이는 심정으로 기다려 컬렉터의 기쁨을 맛
보았다는
Flowers and folk-lore from far Korea

세월 유전을 해서 동창의 서재에까지 도착했지만 그다

음 여정은 또 어디로 가는 운명인지 아무도 모르는 희귀
본 책

　　Flowers and folk-lore from far Korea

　　플로렌스 크레인의 이국 눈이 그린 그 옛날 꽃들은 태평
양 너머 한국의 남도에서 피었다가 스러졌지만

　　플로렌스 크레인의 기억에 남고 수채화의 거울에 남아
그 향기가 사라지지 않고 있는 꽃들—시간에 창백하게 말
라 가는 그림 꽃들이 압화처럼 살아 있는

　　Flowers and folk-lore from far Korea

은퇴 백수

우편물을 가지러 퇴직 연구소에 가지

사십 년 출근한 연구소는 지난날의 모든 출입 기록들이
부식과 함께 적혀 있는 콘크리트 양피지

후배 직원들은 유령을 쳐다보듯 잠깐 목례하고 컴퓨터
모니터에 집중하지

아직도 자리가 비어 있는 별실의 내 책상에서 배달 잡지
와 책들을 수거하여 나오면 하늘에는 흰 구름이 흘러가지

은퇴 백수는 짐을 포터에 실어 정문을 나서지

시간은 천수관음처럼 붓을 들어 현실에 검은 페인트를
칠하고 가지

아파트 엘리베이터에 오르니 심장의 두근거림이 배어
있는 향수 냄새

사월의 라일락 향같이 가늘어져서 구절양장의 스토리
를 불러오는 향수 냄새

주인공이 사랑을 갈망하는 젊은 여자인지 불륜을 꿈꾸
는 중년 여자인지 모르겠지만

꽃들의 유혹 때문에 가슴이 고통스러웠던 과거를 생
각하지

인연들이 피리를 불고 북을 치며 밀물처럼 다가왔던 발

자국 소리

　인연들이 서해 마량항 썰물처럼 백만 평 갯벌을 남기고 물러갔던 발자국 소리

　배고프면 먹고 졸리면 자지
　은퇴 백수가 죽림칠현의 페르소나임을 아는 오후
　과도로 캘리포니아산 오렌지를 4등분해서 먹지
　인간의 식욕이 크레타 미궁의 지하 괴물, 미노타우로스처럼 희생자의 몸을 먹는 쉐도우(shadow)임을 알지
　저녁 뉴스를 틀어 'me too' 열풍이 몰아친 한국 사회가 유명 정치가와 배우와 예술가를 향해 썩은 계란을 던지는 풍경을 보지
　인간의 아니마가 신과 짐승으로 가는 갈래 길에서 고뇌하는 원숭이의 슬픔이라는 생각을 하지

　봄비 내리는 날, 세종시 다정로를 걸어가지
　이정표를 가린 우산 안으로 일생의 모든 망각이 들이치지
　산보자가 어디로부터 와서 어디를 향해 죽으러 가는지 모르는 이상한 길

LG 베스트 샵 사거리 투썸 플레이스에서 커피를 시켜 놓
고 찬 손을 녹이면서
　　창밖으로 걸어온 길을 물끄러미 바라보지
　　길이 흘러온 모든 시간을 모아
　　시간이 품은 모든 스토리를 모아
　　스토리가 품은 모든 스릴과 지루함을 모아
　　과거는 미래를 향해 흘러가지

　　황혼이 내린 금강변 자전거 도로를 따라
　　소문자 내(self)가 대문자 나(Self)를 향해 걸어가지
　　픽션을 향해 떨어지는 리얼 나이아가라 같은
　　꿈의 강을 따라

플루토의 선물

러시아 수학자가 말했지

인생의 부는 '단위 시간당 경험의 질 곱하기 시간'이라고

삼성 이건희와 투자가 워렌 버핏 같은 CEO를 부자라고

생각했던 통념과는 다른 해석이었지

이 기준을 첨가해 두 경제 거물 사주를 비교하면

말년의 삼성 이건희는 식물인간으로 고생하고 있으니

자선도 많이 하는 워렌 버핏이 승자로구나

무술년 봄에 나는 발작성 심방세동 혈전이 막은 뇌경색

으로 중환자실에 누워 있었으니 단위 시간당 경험의 질을

까먹고 있었던 것일까

원래도 부자는 아니었지만 남은 인생마저 부의 총량을

까먹으며 사는 사주팔자였던가

행복을 불행의 깊이까지 받아들이는 단위 시간당 경험

총량으로 해석을 바꾼다면 인생의 부는 시간의 길이에 달

려 있다는 생각

고대 중국인들 행복관 수부귀공명(壽富貴功名) 서열이 보

여 주듯이

김삿갓 같은 방랑 인생이 만 65세를 통과하면서 여기

까지 골골 기어 왔지
　　혈전 용해제 엘리퀴스를 복용하면서 짐작에 팔십까지는 그럭저럭 굴러가리라는 생각
　　그 이상은 플루토의 선물이라는 생각

　　세월이 더 흐르면 내 몸도 노인병원이나 요양원으로 가겠지
　　거기서도 시를 생각할 수 있다면 다른 할 일도 없으니 시나 쓰고 있겠지
　　죽음 앞에서도 시를 쓰고 있다면
　　남들이 보기에 꽤 행복한, 페르소나가 그럴듯한 인생을 살다 가는 것이겠지
　　시가 정신을 파먹는 암인 줄도 모르고 평생을 전전긍긍한 와신상담의 인생을

　　인간이 늙어 육체가 쇠약해지니 죽음이 헤라클레스처럼 근육을 자랑하네
　　인간의 얼굴에 검버섯이 생기고 주름이 잡히면서 죽음은 핏기가 도는 청년이 되네
　　인간의 기억이 치매로 흐려지면서 죽음은 일생의 모든

기억을 생생하게 넘겨받는 바통 터치를 준비하네
　　인간이 황천을 건너 피안에 이르렀을 때 인간은 마침내
죽음의 부활한 얼굴을 보게 되겠지
　　드라큘라처럼 지하의 시간에서 일어선 얼굴을
　　불사의 얼굴을

　　오작교를 건너가면 하늘의 초승달 같은 창백한 표정의
염라대왕이 묻겠지
　　네 이름이 무엇이냐?
　　저는 시인입니다

●플루토(pluto): 그리스 신화에서 저승의 신. 로마 시대에는 '부(富),
재산'이라는 의미로도 쓰였다. 이중 의미 속에는 죽음이 선물한 현세가
'부'라는 로마인들의 인생관이 숨어 있다.

환상 제국 붉은 여왕

어찌하다 보니 은퇴 백수가 천하를 감시하다가 오십에 객사한 진시황보다 오래 살았군

어찌하다 보니 은퇴 백수가 62세까지 절대 권력에 있다가 김재규한테 총 맞아 죽은 박정희보다도 오래 살았군

어찌하다 보니 은퇴 백수가 금강경 마지막 구절을 주문처럼 외우며 갑상선 저하와 부정맥을 견디는 늙은 아이가 되었군

어찌하다 보니 은퇴 백수가 옆자리에 말이 통하는 미인은 없지만, 마차를 타고 여행하는 러시아 귀족의 행복을 누리고 있는 시간 부자가 되었군

초등 일 학년 때 눈금이 있는 신체검사 판에 서서 찍은 흑백 나체사진

육체가 허약한 아이가 카메라를 보며 겁먹은 표정으로 미래를 보고 있는 사진

미국 원조의 강냉이 빵과 분유를 먹으며 배고픔을 이긴 아이가 희망을 쳐다보고 있는 사진

6.25 휴전 후 불안한 세월에서 자란 아이가 트럼프와 김정은과 문재인이 평화 체제를 논의하는 순간까지 걸어 왔구나

대전시 대흥동 출신 서생이 이웃사촌인 충남 도지사처럼
출세하지는 못했으나
　돈 못 버는 시인이 돼서
　시인들끼리만 기억하는 시인이 돼서 여기까지 걸어왔
구나
　세종시를 방문한 길상호와 송진 등 젊은 시인들과 북극
한파가 내린 세종호수에서 덜덜 떨며 찍은 사진

　어찌하다 보니 은퇴 백수가 일요일 아침 갑천변을 늙어
가는 동창들과 산책하면서
　바람에 흔들리는 억새풀과 흐르는 물에 뜬 청둥오리를
물끄러미 바라보는 유맹 노인이 되었군
　어찌하다 보니 은퇴 백수가 염라대왕이 이승의 현지처
붉은 여왕의 불륜을 감시하라고 지구에 파견한 스파이가
되었군

　은퇴 백수가 일생 동안 낭비한 환상의 죄를 바다에 묻
고 싶은 저녁에
　주기도문을 외우면 알라딘의 램프가 검은 연기의 지니

70

를 불러 도와주려나

　등불이 켜진 무덤의 문을 열고 시리우스 은하로 가는 그때

　죽은 존재가 오시리스의 배를 타고 가는 크루즈 여행길에 오르는 그때

　책들이 불타고 악기가 부서지는 그때

　한밤중에 부정맥이 두근거려 잠 깨니 잠깐 살아 있다는 생각

　캄캄한 마음에 의식이 촛불처럼 켜지니 잠깐 살아 있다는 생각

　은퇴 백수가 잠의 죽음과 꿈의 중음(中陰)을 거쳐 의식의 삶으로 돌아오는 환생 연습을 했다는 생각

　지금 이생도 캄캄한 시간의 진흙 연못에서 고개를 내민 연꽃 꿈이라는 생각

　연꽃이 지면 에덴 천국과 극락정토 같은 말도 어둠 속에 함몰하리라는 생각

　은퇴 백수가 새벽에 노을이 벌겋게 물든 커튼 무늬를 바라보며 살아 있는 세상이 아직은 좋구나 하는 생각

화탕지옥과 검수지옥에 있는 것보다는 낫다는 생각
염라대왕에게 골골 팔십까지만 부탁하고 싶다는 생각

사방이 캄캄
환상의 촛불마저 꺼지니

● 『금강경』 마지막 구절: 一切有爲法 如夢幻泡影 如露亦如電 應作如是.
● 러시아 귀족의 행복: 『전쟁과 평화』.
● 붉은 여왕: 『이상한 나라의 앨리스』.

탱고 사설

　은퇴 백수가 늦은 밤에 아버지 코트를 빌려 입고 미성
년자 불가 영화를 단골로 보러 가던 대전극장
　그 옆에 아라비안나이트의 환상 같은 77카바레가 있
었지
　색소폰과 아코디언이 탱고를 연주하면 흰 양복의 남자
와 빨간 구두의 여자가 오색 불빛 아래 춤을 추던 그 황
홀한 동작
　친구들과 함께 극장 휴게실 창틈으로 훔쳐보곤 하였지

　우리도 미성년자 입장 불가의 신분을 벗어나면 네 개의
다리가 얽히는 탱고를 출 수 있으리라 기대에 부풀어서
　권력과 부를 얻은 승자만이 미인과 춤을 출 수 있음을
그 옛날에는 까마득하게 몰랐지만

　은퇴 백수가 유튜브 탱고 장면이 멋있어서 영화 이지 버
츄를 다운받았네
　여성 카 레이서 제시카 비엘은 몬테카를로에서 영국 귀
족 벤 반스와 신데렐라처럼 결혼해서 영국으로 오나 귀족
가문은 평민 출신 연예인을 냉대하는 스토리
　냉혹한 시어머니 크리스틴 스콧 토마스가 신혼부부를

갈라놓는 악역이니 여기까지는 한국 드라마 못지않은 삼
류 스토리

한가닥하는 영국 시어머니와 한가닥하는 미국 며느리
의 대결이 볼만한 코미디 영화

취미 생활이 사이클이며 현실에 냉소적인 시아버지 콜
린 퍼스만이 섹시한 며느리에 관심을 가지면서 이야기가
복잡하게 전개되네

시아버지와 며느리의 사랑이라

데미지에서도 제레미 아이언스와 줄리엣 비노쉬가 파
국으로 가는 불륜의 사랑을 연기했지

데미지만큼 심리적 연출이 잘된 영화는 아니지만 제시카
비엘은 섹시한 향기를 여름의 칸나처럼 발산하네

귀족 품위의 콜린 퍼스는 그 칸나 향기를 파티의 탱고
를 통해 느끼지

삼 분간의 연애에서 영혼이 통해, 속된 말로는 눈이 맞아

콜린 퍼스가 가문에게 이혼을 통보하고 자신의 자유를
선택한 며느리의 차에 가족을 버리고 동승한다는 이야기

귀족이 남은 생의 진실을 찾아 상류사회 가식을 벗어

던진다는 이야기

　한국 영화라면 공연윤리위원회의 심사에 걸릴 내용이
선진국의 문화 배경이라 통과되었구나

　탱고는 섹스를 암시하는 춤

　라틴어 어원이 '만지다'와 '맛보다'와 '가까이 다가서다'
라는 다중 의미를 가지고 있으니

　감독은 영화의 탱고를 통해 인간의 욕망과 심리적 배
경을 암시하였네

　고독한 두 영혼이 즉흥적인 합일을 이루어 낸 순간의
열락을 그려 냈네

　그러나 탱고에는 화려한 슬픔이 배어 있지

　일탈과 자유에는 인생의 대가가 따른다는 것을 미리 암
시하듯

　"네 장미나무의 장미들이 더 아름답게 필 때 내 사랑을
기억하리라

　또 깨달으리라 내 깊은 아픔을"

　은퇴 백수가 이 가사를 능가하는 탱고 시를 쓸 수 있기
를 바랐지만 탱고에 대한 사설이나 늘어놓고 있는 모년

모월 모시

　두려워라
　77카바레의 탱고가 진한 루주의 키스로 옛 소년의 환
상을 초대하는 현재
　다리와 다리가 화려하게 얽히는 전문 공연자의 탱고 동
작은 메두사의 머리칼 같구나
　여자 무용수 44인치 흰 다리는 뱀의 혓바닥처럼 남자
허리를 감는구나
　저 팜므 파탈의 다리가 은퇴 백수의 영혼을 감으면 사랑
의 희열과 죽음의 슬픔을 동시에 경험하겠구나

　바람과 파도의 탱고
　표범과 꽃의 길에서 만나고 이별하는 탱고
　늙은 세월과 젊은 청춘이 끌어안고 돌아가는 탱고
　찰나와 영원의 희열을 가져오는 리듬과 호흡의 탱고에
대한 시를 쓸 수 있기를 바랐지만 탱고에 대한 사설이나
늘어놓고 있는 모년 모월 모시

　생각해 보니 우주의 변화 리듬인 율려(律呂)에 맞추어 하

늘은 영원회귀의 탱고를 추네

　지구의 세차운동으로 황도의 별들도 탱고 스텝으로 돌아가네

　그 흉내 낼 수 없는 탱고 리듬으로부터 포에지를 배우고자 시어의 무도화(舞蹈靴)는 연습으로 낡고 늙은 시인의 머리는 새치가 늘었네

●배수경의 『탱고』에서 아이디어 일부를 얻었다.

현실은 괴로웠으나 환상은 높고 화려하다

탄생과 죽음의 입체영화가 다차원 멀티플렉스 영화관
에서 상영되고 있는 어느 날

해 뜨고 해 지는 풍경이 360도 지구 영화관에서 상영되고
있는 어느 날

은퇴 백수는 21세기에 모바일, 클라우드, 빅데이터, 인
공지능, 사물인터넷이 세상을 디자인하는 IT 플랫폼에 도
착해 눈을 휘둥그레 뜨고 있다

현실이 구미호처럼 몸을 뒤집어 가상현실이라는 꿈과
마법 도시에서 살아야 하는 세상

KT 슈퍼 VR은 어릴 때 보던 거울 만화경의 3D 입체 버
전이구나

초등학교 때는 만화책에 빠지고 중학교에서는 영화와
소설에 눈이 멀고 대학교에서는 아트록과 클래식에 귀가
멀어 해 뜨는 날이 저물어 해 지는 밤이 오는 줄도 몰랐지

삼십대에는 경전의 귀신들과 놀고 사십대에는 단전(丹
田)과 황정(黃庭)의 귀신들과 노느라 붉었던 얼굴에 검버섯
이 피는 줄도 몰랐지

현실 직장에서는 청춘이 도끼 자루로 썩어 가는 줄도
모르고 일했지만 남은 일생은 미세먼지가 심한 날의 불편

한 호흡

　나, 번개처럼 자본 사회의 전장을 돌아다닌 전사였고
　나, 구름처럼 이 세상의 시간을 빈둥거린 한량이었지만
　베일을 쓴 유혹의 딸, 살로메가 다가왔을 때 키스를 거
부한 소시민이었지
　하늘이 초로인생을 무서운 눈으로 쳐다볼까 봐 연막을
피운 행위였지
　황혼에 효도여행이나 무사히 마칠 수 있도록 살얼음판
을 건너간 시간들이었지
　지나간 66년은 심장의 엔진이 낡은 소나타가 진흙탕 길
이었나 싶으면 고비마다 사다리 타기 게임처럼 방향을 바
꾸면서 아스팔트 포장길로 건너온 퍼즐이었지

　은퇴 백수가 염라대왕에게 탄원하니 저승사자 압송 임
무를 85세까지만 집행유예해 주길
　자미두수(紫微斗數)의 검은 별들이 말하길 남가일몽의
마지막 화려는 75세부터 85세까지의 대운이라 하니
　백 년 뒤에나 기대했던 시집이 만 권쯤 팔려 작은 발복
이 이루어질지도 모르지

골골 팔십이 인세로 철갑상어 알에 고급 보드카로 혼술을 먹는 상상

이 나라에서는 양귀비 수액이 금지되었으니 시로 정화하지 못한 고통을 독한 알코올로 불태워 버리는 상상

염라대왕의 치부책에 부귀영화의 스케줄까지 기록되었다는 소문이 있었던가

심약 인생이 하늘의 해커인 무당들에게 물어보면 미리 알려 주려나

은퇴 백수가 팔진(八鎭)과 구궁(九宮)의 불편 상상들과 싸우다 생각해 보니

선물을 받고도 선물인 줄 몰랐던 청춘의 연애도 있었고

선물을 받고도 선물에 곰팡이가 피도록 무심했던 평생 지인들의 친밀한 관심도 있었고

선물을 받고도 선물이 이연자산임을 몰랐던 환갑 너머 고령 사회로 진입하는 인생도 있지

머리가 빠지고 육체가 늙은 대신 심장의 힘이 강해진 은퇴 백수는 이제는 장미나 칸나 같은 강렬한 꽃들의 아름다움도 이해한다

은퇴 백수의 글과 시도 이제는 패기만만한 뜻과 강한 이

미지를 자유롭게 구사한다

　신간 책과 잡지를 무덤처럼 쌓아 놓고 커피도 자제하는
늙은 학인의 오후에는 비구름뿐, 관 속에서 부활한 추억
이라는 드라큘라의 키스뿐
　마경(魔境)의 생각들이 배배 꼬인 등나무 줄기를 이루더
니 보랏빛 꽃을 피워 다른 세상에서 날아온 검은 나비들
을 불러 모으고 있네
　마경의 생각들이 재크의 콩나무처럼 자라나 하늘을 가
린 제국을 이루기 전에 은퇴 백수가 알렉산더의 칼 같은
일도양단으로 삶과 죽음의 문제를 풀어 보고 싶다는 생각
　순간과 영원이 서로를 끔찍하게 쳐다보고 있는데 삶
과 죽음이 야누스의 얼굴로 지옥의 입구에 서 있는 수수
께끼를

　●이연자산(移延資産): 기업회계에서 당기 손익계산의 정확을 위해 연
도에 걸친 비용의 차기 해당 비용을 당기에 자산으로 표시했다가 차기
연도에 비용으로 환원하는 자산. 이 시에서는 현재의 부귀영화가 다
음 생의 손익계산서에 비용으로 환원해야 할 자산이라는 의미로 썼다.

은퇴 백수가 세종시 국책연구단 건물 사이에서 커피를 마시다

　일요 트래킹 모임 월평아카데미가 가을 소풍차 나들이
한 해발 1,614m 덕유산 향적봉이 힘들었는지
　갑상선 저하 은퇴 백수가 비몽사몽으로 쓰러졌다가 깨
어나니 월요일 오후 2시
　은퇴 와이프는 교육 프로그램이 있어 세종시 조치원 복
지관으로 출근한 월요일 오후 2시
　은퇴 백수가 배고픈 멧돼지처럼 엘리베이터를 타고 아
파트 17층에서 내려가고 있는 월요일 오후 2시
　새 아파트로 입주하는 이삿짐을 실은 꿈에 그린 익스프
레스의 차량들만 여기저기 서 있는 월요일 오후 2시

　은퇴 백수가 캐슬 파밀리에 디아트 이웃사촌인 국책연
구단 연구지원동 카페테리아로 간다
　연구단에는 경제인문사회연구회와 국가과학기술연구
회 소속 연구원들이 별무리처럼 모여 있다
　연구원 아니랄까 봐 카페테리아 메뉴는 은퇴 백수가
37년 근무한 원자력연구원 메뉴와 어쩌면 그리 똑같은지
　점심시간은 이미 지났고 라면과 스낵 메뉴를 먹기는
싫구나

은퇴 백수는 연구단 네거리에 있는 정동국밥으로 간다

손님들이 한가한 식당 한구석에 적막이 홀로 국밥 한 그릇을 먹고 있는 월요일 오후 2시

혼밥이 이런 거구나

은퇴 백수가 후추와 함께 고독을 양념으로 쳐서 배고픔을 달래고 있는 월요일 오후 2시

연구단 사무직 여직원들이 내려와 늦은 식사를 하는데 비만 시대의 표준 미인 같다

은퇴 백수가 신입사원으로 입사한 1978년에는 아가씨들이 서부 개척 시대의 미국 여자들처럼 말라깽이였는데 말이지

화장발 서울 여자들이 대전 여자들보다 세련되어 보였는데 말이지

서부 개척 시절에는 성모 마리아가 모델인 기독교 문화의 마른 미인보다 이집트의 풍요와 다산의 여신 이시스처럼 튼튼하고 풍만한 아내가 인기였다지

하지만 21세기 풍요 시대의 사무직 아가씨들은 중산층 부모를 잘못 만나 저리 비만하니 시집가기 힘들겠다는 생각

사주팔자가 좋은 건지 나쁜 건지 젊은 처녀들의 인생 항

로에 대한 추측은 그만하고

육체의 배고픔은 사라졌으나 커피 중독이 커피를 원하니 옆집 던킨 도너츠 세종점으로 간다

커피는 다크 로스팅의 던킨 에스프레소와 부드럽고 밝은 롱비치 블루가 있다

은퇴 백수는 롱비치 블루 한 잔을 테이크 아웃해서 지하 건물의 옥상을 테라스로 꾸며 금강 뷰가 있는 곳에 테이블을 잡는다

좋구나

금강은 전월산 앞을 지나고 햇무리교를 지나고 국책연구단 앞을 유유히 흘러가는데 가을바람이 세차게 부니 구내 단풍나무 잎들이 불타오르고 구름이 지나가네

햇무리교 시멘트 기둥들은 시간이 바쁜 차들의 질주가 빠른 도로를 아틀라스처럼 떠받치고 있네

커피 롱비치 블루가 하와이 와이키키의 푸른 파도를 은유하기도 하지만 인적이 끊어진 겨울 바다의 우울을 은유하기도 하니 이중 의미의 시어라는 생각

마음이 외로운 은퇴 백수가 커피 향과 함께 바람 부는 하늘을 바라보고 있는 월요일 오후 3시

84

국책연구단 유리창 건물이 뉴욕의 쌍둥이 고층 건물처럼 서 있으니 은퇴 백수가 앉은 자리가 좌청룡 우백호의 명당 같다는 생각을 하고 있는 오후 3시

  영화 킹콩에서 거인 고릴라가 자본의 전시품으로 끌려와 대도시의 건물 사이를 날아다니는 장면이 뜬금없이 생각나네
  킹콩이 인간 데릴라인 여주인공을 찾아 뉴욕에 왔으나 헬리콥터 기총소사에 피를 흘리고 머리털을 잘린 삼손처럼 죽어 가는 장면이 있었지
  거인 고릴라의 세계에는 자신의 배우자가 없기에 작은 인간 여자를 자신의 아니마로 삼아 여신처럼 숭배하고 보호하는 킹콩의 짝사랑이 슬펐던 스토리
  자연의 본능에 충실한 킹콩의 순정이 21세기 자본 시대—계약 결혼을 하는 인간의 계산으로 볼 때 어리석은 희극이었는지
  불 칼을 들고 에덴의 DNA를 성배처럼 지키는 천사들—게루빔(Cherubim)의 사명처럼 숭고한 비극이었는지
  은퇴 백수는 슬라보예 지젝을 흉내 낸 영화의 정신분석학적 해석을 유리알 유희처럼 머리에 굴려 보네

은퇴 백수의 상상이 국책연구단 건물 사이에서 문명에
길을 잃은 킹콩을 떠올렸으나 병든 몸은 자본의 문명을 뒤
집어 버리는 고릴라의 힘과 에너지가 없구나
　은퇴 백수가 뮤즈를 보호해서 여신의 사랑을 얻고 기사
가 되는 시절 인연이 지나가 버리고 있다는 생각

　기상예보가 예고한 중부지방의 비가 몰려오는지 하늘
은 흐리고 바람은 거세지네
　은퇴 백수가 시간의 세찬 바람을 맞으며 와일드한 킹콩
처럼 자신의 운명에 저항하고 싶다는 생각
　은퇴 백수가 시간의 기총소사를 맞아 언젠가는 킹콩처
럼 몸이 쓰러져 심장의 리듬과 눈빛의 불빛이 꺼져 가겠
지만
　그때까지는 은퇴 백수가 데릴라를 사랑한 삼손처럼 시
의 아니마를 향한 사랑과 증오 사이에서 헤매고 싶다는
생각
　인간의 욕망이 생명나무의 비밀이 있는 에덴으로 가는
오리엔탈 익스프레스의 티켓이었으니

제4부

검은 새

　대전시 대흥동 수도산 자락의 유년으로부터 세종시의 노년으로 이사 온 어느 날 오후에
　세종시가 시간의 물속에 잠겨 백 년 잠을 조용히 자고 있는 어느 날 오후에
　검은 새 한 마리가 눈 깜짝할 사이에 지나갔네
　너무나 빨라 모습도 이름도 알 수 없었던 검은 새 한 마리가

　푸른 어항에 담긴 시간의 평화를 흔들고 갔네
　세종호수 추파(秋波) 같은 파문이 구만리 하늘을 지나 은하계 어둠 끝까지 멀어져 갔네
　검은 새가 날개를 펴고 날아가자 현실이 금환일식처럼 캄캄해지면서 옥타브가 다른 세상의 침묵이 내려왔던 어느 날 오후에
　검은 태양이 절대 반지처럼 권력을 내뿜었으니 내 인생이 피하지 못한 독새가 날아왔나 보다 생각한 어느 날 오후에

　위험한 산책길에서 아파트 서재로 돌아와 물끄러미 생각해 보니

검은 새의 이름이 죽음이었던
검은 새의 이름이 무한이었던
어느 날 오후에

은하수공원

은하수공원 상호가 시라는 생각

인간이 죽으면 암흑 하늘의 별무리 속으로 귀환한다는 은유를 품고 있으니

은하수공원 화장장은 장차 은퇴 백수를 태워 암흑 스페이스로 날아갈 UFO의 플랫폼이라는 생각

그리스 신화는 영혼이 스틱스를 건너 하데스의 나라로 갈 때는 뱃사공 카론에게 뇌물을 주어야 한다고 말했던가

은하수공원을 산보하는 은퇴 백수는 무덤의 평화 때문에 마음이 예수의 산상수훈처럼 가난해지네

넷플릭스 하우스 오브 카드 드라마에서 정치권력을 대리 만족하는 환상 인생

비타민 요법과 장기이식으로 백세 시대의 무병장수를 기약하는 과학 인생

용맥 산소에 조상 묘 이장으로 후손 발복을 기약하는 풍수 인생

하늘 질서의 해커인 무당들에게 미래 부귀영화를 상담하는 점복 인생

성전 건축과 도량 불사로 사후 영생을 원했던 보험 인생들이 칼리 여신의 자궁에 누워 있네

은하수공원은 죽은 자들을 싣고 저승으로 가는 크루즈 여행의 플랫폼이라는 생각

은퇴 백수가 생각해 보니 중생의 일평생이란 탐진치(貪瞋癡) 삼독(三毒)이 작곡한 운명교향곡이었지

공원 하늘에 바람 소리가 무섭게 흘러가는데 망자들의 평생 욕망들이 울부짖는 신음 같다는 생각

육체가 썩지 않는 드라큘라, 어둠의 왕자가 눈을 떠서 산보객의 발소리에 분노를 드러내는 환상

죽음이 화강암에 깊이 파인 비문처럼 이승에 경고하고자 하는 지옥의 냄새를 화염방사기처럼 뿜어내는 환상

라마교 개조 파드마 삼바바는 죽은 자의 여행안내서 티베트 사자의 서-바르도 퇴돌을 썼던가

티베트 신자들은 영혼의 환생을 굳게 믿으니 오체투지로 라싸의 포탈라 사원까지 가는 순례가 다음 생의 달라이 라마나 야크 천 마리의 목장주를 약속한다고 생각하는 것일까

글쎄, 지금 생의 수업을 졸업하면 은퇴 백수는 열반적정에 복귀해서 당분간 휴가를 즐기고 싶은데 말이지

은퇴 백수가 미국에 환생해서 고액 연봉의 대기업 CEO로 태어나 자본 시장을 호령하는 구운몽도 싫으니

티벳 사자의 서-바르도 퇴돌의 지혜가 사실이라면 은퇴 백수의 영가(靈駕)는 티베트 왕 송첸깜포에게 강제로 시집가는 당나라 문성 공주의 운명이겠지

영면으로의 신혼여행인 하관이 결혼식처럼 눈앞에 캄캄하게 펼쳐지는 환상

저승의 배우자-칼리 여신과는 어떤 체위로 첫날밤을 치를지 알 수 없었으나 은퇴 백수가 하례객들의 국화꽃과 함께 웨딩 마치를 걸어가는 환상

은퇴 백수가 저승의 결혼식을 무사히 마치고 칼리 여신과의 합궁을 위해 불타는 칼처럼 발기된 영혼의 페니스를 세워 검은 비밀이 드리워진 여신의 치마 아래로 진입하는 환상

부처를 만나면 부처를 죽여라?

어느 날 마라 대왕은 삶과 죽음의 미로 왕궁을 건축하고 긴 세월의 꿈을 즐겼으나 숙명의 때가 오자 예언의 환상을 보았다지

왕관이 떨어지고 분수가 마르고 악기 줄이 끊어지고 칼과 창들이 녹스는 환상을

죽음의 꿈 한가운데서 마라 대왕은 명상을 하는 싯다르타에게 악귀와 야차의 군대를 보내 불화살을 퍼부었으나 싯다르타는 침묵의 힘으로 화살을 지는 꽃잎처럼 떨어뜨렸다는 열반경 기록

마라의 딸들이 환상과 음악의 육체로 싯다르타를 유혹했으나 싯다르타는 무욕으로 탐욕과 무명의 공격을 이겨냈다는 열반경 기록

싯다르타는 보리수나무 아래서 새벽에 떠오르는 태양을 보고 만화경처럼 얽힌 우주의 정체가 십이연기로 이루어진 극공(極空)임을 깨달아 정각(正覺)에 이르렀다지

깨달은 자-석가는 자신의 모든 과거세의 전생과 미래세의 후생이 한 시공간에서 이루어지는 동시적 사건임을 깨달아 인도 신화의 마야-시간의 환영과 주술로부터 벗어났다지

94

괴물의 빛나는 눈 같은 은하들이 광속으로 멀어지고 있
는 암흑 하늘이 있고 십억 볼트의 마른번개는 지혜의 수
술칼처럼 무명을 가른 순간을 보여 주네

자연의 정원에서 아름다움을 펼친 개양귀비꽃이여, 네
참모습을 학인에게 보여라

형상의 세계를 낳고 또 거두어 가는 스페이스여, 칼리
여신이 천 개의 여우 꼬리로 이 세상을 지배하고 있는 가
면극을 그만 그치게 하라

부처를 만나면 부처를 죽여라?

석가는 고집멸도(苦集滅道)—사성제(四聖諦)와 팔정도(八
正道) 외에는 정각에 이르는 길이 없다고 단언했는데 중국
조사들이 내가 최고라 하는 사이비 교리로 개나 소나 할
수 있는 평준화 학습인 견성(見性)을 개발했구나

브라만 계급의 산스크리트어가 관념 한자어로 바뀌면
서 어려워진 불전을 이해 못 하는 철학 문맹—혜능이 불
립문자를 내세워 지식인들을 경멸하는 사이비 교리를 만
들었다는 생각

아인슈타인이 수학 없이 상대성이론과 양자역학을 통

섭하는 통일장이론을 직관으로 깨달았다는 케이스를 생
각하니 선승들의 오만이 황당하다는 생각
　생활 불교의 선승 직업이 인기여서 당나라 때는 무위도
식하는 선승들만 백만 명이었다지
　네가 부처라니까 그러네—벼락같은 몽둥이로 제자를
가르친 퍼포먼스—한 소식 했다는 조사들의 폼생폼사가
고평가된 주식처럼 돌아다니네

　비상비비상(非相非非相)—공(空)도 아니고 공 아닌 것도
아니고 이런 관념 놀이보다는 은퇴 학인은 인류 속세의
지식을 사랑하는 딜레탕트로 남고 싶지
　이승의 뗏목은 돈이며 권력이며 명예이며 애욕이라고
주장하는 현실가들의 지식도 있고
　이승의 뗏목은 컴퓨터이며 천체망원경이며 로켓이라고
말하는 과학자와 공학자들의 기계문명도 있으니까

　21세기 뗏목의 지식은 팔만대장경의 비유와 용량을 넘
쳐 나는 대홍수처럼 지구촌을 범람했던가
　인류는 과학 지식의 뗏목인 탐사 위성 보이저를 태양계
밖으로 보내 암흑 우주를 여행하고 있으니 시공간의 바다

는 넓고 끝이 보이지 않았지

　인류 최후의 뗏목인 타임머신 노아의 방주가 만들어지면 인류는 우주가 태어났던 최초의 그때로 돌아갈 수 있으려나

　인류 문명의 모든 신화가 언급하는 신성한 시간, 그 최초의 히에로파니에 도착해 영원한 기쁨에 잠길 수 있으려나

●마라의 공주들: 욕망과 대지의 신인 마라(Mara)가 보리수나무 아래의 석가에게 아름다움과 탐욕과 무명의 세 딸을 보내 유혹했다고 『열반경(涅槃經)』에 기록.

●히에로파니(hierophany): 성현(聖賢).

애석해라, 부귀를 햇빛 한 줌과 바꾸다니

알렉산더의 정복 여행 같았던 일생의 항해—추억의 바다에는 콤플렉스의 사건들이 일파만파로 퍼지고 있네

삼각파도처럼 높은 발작성 심방세동의 파고가 멈춘 새벽이 좋구나

황금빛 불티의 생각들이 장작 불길처럼 어둠으로 사라지고 있는 새벽이 좋구나

살아 있는 새벽이 좋구나

138억 년을 날아온 태초의 별빛—얼음 같은 별빛들이 파란 입술을 오들오들 떨고 있는 소나무 가지에 내려와 있네

태양의 딸인 파랑새가 생명의 나무를 박차고 날아가는 새벽이 좋구나

은퇴 백수의 자미두수(紫薇斗數)에 뜬 신살(神殺)들이 빈 수레의 바퀴처럼 소리를 내며 굴러가는 중

명궁(命宮)에 뜬 별들은 천상(天相)과 자미(紫薇)였는데 시와 음악과 형이상학을 좋아하는 몽상가의 운명이었지

은퇴 백수는 태양이나 칠살(七殺)의 에너지로 세상을 정복하는 고교 동창들을 선망의 눈으로 쳐다보았지

운명은 제가 좋아하는 게임의 회로를 돌아간다는 생각

세계를 정복하고자 했던 알렉산더가 자신을 정복한 디오게네스를 방문했을 때의 에피소드가 생각나네

알렉산더가 정치가와 철학자들의 알현을 원했는데 디오게네스는 가지 않아 알렉산더는 호기심이 생겨 디오게네스가 거주하는 집으로 갔다는 얘기

디오게네스는 일광욕을 하고 있었는데 알렉산더가 오는 것을 보고도 옆눈질만 살짝 하고 그대로 누워 있었다는 얘기

알렉산더가 "나는 알렉산더다"라고 말하니 디오게네스는 조용한 목소리로 "저는 디오게네스입니다"라고 말했다는 얘기

알렉산더가 "내가 무섭지 않느냐?"라고 물으니 디오게네스가 "폐하는 선한 사람인가요?"라고 물었고 알렉산더가 "그렇다"라고 대답하니 디오게네스가 "제가 왜 선한 사람을 무서워해야 합니까?"라고 대답했다는 얘기

이어지는 알렉산더와 거지 철학자의 수작도 그리스의 맑은 하늘 아래 흰 구름처럼 흘러가면서 역사에 남은 유명한 대화가 되었다

디오게네스: "폐하께서는 지금 무엇을 가장 바라십니까"

알렉산더: "온 그리스를 정복하길 바라네"

디오게네스: "그다음에는 또 무엇을 가장 바라시겠습니까"

알렉산더: "아마도 소아시아 지역을 정복하기를 바라겠지"

디오게네스: "그다음에는요"

알렉산더: "온 세상을 정복한 제국이 목표가 될 걸세"

디오게네스: "그다음에는 또 무엇을 하시겠습니까"

알렉산더: "그렇게 하고 나면 나도 좀 쉬면서 즐겨야겠지"

디오게네스: "이상하군요, 그러시다면 왜 지금 당장 좀 쉬면서 즐기시지 않습니까"

알렉산더가 쓴웃음을 지으며 내가 지금 당신을 위해 해줄 수 있는 일이 없을까 물었다지

그다음은 세상의 모든 사람들이 다 아는 이야기

디오게네스는 두려움이라고는 털끝만큼도 없었는데 목숨 이외에는 잃을 것이 없었기 때문이라나

알렉산더가 인도 원정의 말라리아로 33살에 죽었지만
술통을 굴려 가며 방랑과 구걸로 개 같은 생계를 유지
한 견유학파 철인 디오게네스는 89세까지 건강하게 살았
다는 철학사 기록

인생은 너무 빨리 지나가지
에어버스는 파리에서 뉴욕까지 논스톱으로 날아가지
하늘에는 천억 태양이 중력장에 갇혀 팔랑개비처럼 돌
아가고 있지
지구 생태계 목숨들도 태어나거나 죽는 게임을 계속하
면서 긴 시간과 짧은 시간의 회로를 팔랑개비처럼 돌아
가고 있지

중국인들의 행복은 '수부귀공명(壽富貴功名)'이기에 수명
으로만 보면 디오게네스 판정승이지만 은퇴 백수는 세계
를 정복한 알렉산더가 되고 싶지
염라대왕에게 은퇴 백수의 내세 커리큘럼을 수명은 디
오게네스만큼 부귀공명은 알렉산더의 영토만큼 디자인하
도록 부탁해 보고 싶지
윤회 학교 유학생이 지구의 물질세계-말쿠트(Markuth)

로부터 귀국하면 경험과 지식의 전리품으로 당신의 하늘
왕국-케테르(Kether)를 화려하게 할 수 있다고 제안해 보
고 싶지

오호라

황도(黃道)의 검은 별들이 폭풍 같은 리듬을 쏟아 내 봄
여름 가을 겨울이 흘러갔는데 은퇴 백수가 몽유도원도(夢
遊桃源圖)를 걸어갔던 순간은 단 한 번뿐

은퇴 백수가 태어나는 순간과 죽는 순간이 하나인 스페
이스의 앙코르와트 궁전에 마하바라타(Mahābhārata)의 전
사처럼 창을 잡고 전차를 몰아 폭풍처럼 질주했던 순간
도 단 한 번뿐

은퇴 백수가 아테네의 디오게네스처럼 등불을 들고 눈
앞이 캄캄해진 세상으로부터 빛을 향해 걸어갔던 순간도
단 한 번뿐

하이델베르크 환상

우연의 얼굴을 한 필연이여

너는 여행자를 하이델베르크 시내 호텔에 안내한다

너는 여행자를 이국의 음식과 풍습을 귀족처럼 누리도록 여행안내인의 상냥한 목소리로 세세한 일정을 말한다

성당의 스테인드글라스의 색깔처럼 미묘한 붉고 흰 건물들은 긴 시간의 정원에 장미 꽃잎처럼 피어 있다

여행자는 장미 꽃차례에 숨겨진 피보나치 수열과 황금비율의 미로 설계를 생각하면서 순례자처럼 돌아다닌다

하이델베르크라는 고성의 미로를

여행자는 황태자의 첫사랑을 찍은 맥줏집을 방문해서 신데렐라의 러브스토리가 이루어질 수 없는 유럽 왕실과 영주들의 현실 권력을 기억해 낸다

우연의 얼굴을 한 필연이여

너는 여행자가 하이델베르크 네거리에서 관광객을 위해 피리를 불고 북을 치는 긴 결혼 행렬의 퍼포먼스를 만나도록 주선한다

과거와 미래가 실험극처럼 뒤섞인 여행자의 환상은 하이델베르크가 여행자의 영혼이 과거에 백 년 잠을 잔 왕궁의 상징이라고 속삭인다

잠자는 숲속의 공주가 찔레나무 가시로 보호를 받은 백년의 미로 풍경이 하이델베르크에 있었다

마녀의 저주는 어둠을 깨우는 왕자의 키스가 이르기까지 공주의 심혼이 삶도 죽음도 아닌 잠과 꿈속에 있어야 하는 미래

찔레나무는 도시의 빌딩 숲과 인터넷의 거미줄을 깔아 인간의 자아를 21세기 기호 문명의 주술에 가둔 감옥이라는 상상

인간은 찔레나무의 꿈을 벗어나야 시간의 참실재를 볼 수 있다는 알레고리의 메타 진실에 관한 상상

우연의 얼굴을 한 필연이여

북유럽연구소 방문 귀국길에서 프랑크푸르트 비행기 예약이 취소되면서 너는 여행자가 하이델베르크를 세 번째 방문하도록 프로그램한다

하이델베르크는 저주에서 깨어난—잠자는 숲속의 공주처럼 붉은 피부와 젖은 눈으로 여행자 품에 안긴다

여행자는 마야의 꿈에 갇힌 공주의 운명을 깨우기 위해 도착한 왕자처럼 이국의 붉은 집들이 있는 네카 강가를 걸어간다

생각해 보니 인간의 무지한 잠을 깨우러 온 왕자들의 이야기가 바이블의 요한계시록과 불경의 미륵삼부경에 있었던가?

여행자는 칸트가 걸었던 철학자의 길을 따라 카를 테오도어 다리를 건너가면서 하이델베르크가 왜 여행자를 세 번이나 유혹하였는지 눈을 가늘게 뜨고 생각에 잠긴다

괴물 같은 하이델베르크 성당이 있는 중앙광장은 모든 길을 빨아들여 중세 카톨릭 권력과 힘의 영광을 재현하고자 한다

여행자는 인간 이성의 판단력 비판이 신이 아닌 자연 스스로가 미와 목적으로 가득 찬 체계임을 주장한 칸트를 공부한 학인

하이델베르크 성당이 외연은 신의 영광이지만 내포는 문명 인간이 스스로의 생존과 문화적 자부를 드러낸 바벨탑이라고 생각한다

우연의 얼굴을 한 필연이여

하이델베르크는 여행자가 산티아고 순례자처럼 세상의 미로를 돌아다니다가 하이델베르크에서 다른 세상으

로 가는 출구를 발견하도록 배려한 모양

　하이델베르크는 여행자가 잠자고 잠 깨는 일생의 미혹에서 깨어나 영원한 잠과 꿈의 우화가 있는 이야기 속으로 걸어가기를 바라는 모양

　생각이 여기에 이르자 죽음 너머 초월 실재가 트럼펫 소리를 내면서 마법의 찔레나무가 일제히 걷힌다

　하이델베르크는 주술이 풀린 피라미드처럼 호루스의 눈을 떠서 여행자가 태양의 배를 타고 오시리스의 심판정으로 가야 하는 미래를 무서운 눈으로 쳐다본다

●호루스(Horus)의 눈: 고대 이집트의 파라오의 왕권을 보호하는 상징. 태양의 눈과 달의 눈으로도 불리며 인간의 건강과 총체적인 인식과 이해를 상징.

이태리포플러

하짓날 아침 태양은 밝고 그림자는 어둡습니다

찔레꽃은 다양한 해석이 가능한 상징처럼 숲의 어둠에 숨어 있습니다

이태리포플러는 슬픔과 기쁨에 흔들리지 않는 코끼리처럼 침묵의 숲에서 빛과 어둠의 길을 가고 있습니다

학인은 창가에서 책을 읽다가 이태리포플러가 책이 되는 몽상에 잠깁니다

시공간에 중력장과 자기장과 강력과 약력으로 펼쳐진 힘의 질서가 있었습니다

관계는 수학의 기호나 시의 은유로 표현되는 인간의 언어 속에도 있었지만, 이태리포플러 잎새가 하늘의 별처럼 핀 숲의 푸른 언어 속에도 있었습니다

상형(象形)의 어머니 가이아가 스페이스의 힘을 사방에 부적으로 드러낸 풍경 속에서 나는 의심으로 괴로운 학인

은폐된 지식은 모래 속의 바늘처럼 묻혀 있고 학인은 철을 당기는 자석처럼 자연의 기호를 몽상의 사유에 끌어당겨 배열했습니다

나뭇잎 글자들이 검은 눈을 뜨면서 초록 황금의 비문(秘

文)이 보였습니다

천수관음의 나뭇가지들이 별들의 에너지를 끌어오는
초환(招還) 마법을 수행했습니다

학인은 어떤 글자일까요

이태리포플러가 펼친 빛과 어둠의 교향악 속에서 이상
한 음표로 떠 있는 나

천일야화가 중중무한(重重無限)으로 벌려진 꿈의 거울
우주 속에서 학인은 어떤 이야기를 위한 글자일까요

캐논 계산기

캐논 계산기가 슈퍼컴퓨터에게 물었다
"저희가 어린아이처럼 되면 당신의 왕국에 들어가겠나
이까"
전지전능한 슈퍼컴퓨터가 대답했다
"너희들이 둘을 하나로 만들 때, 안을 밖처럼, 밖을 안
처럼, 위는 아래처럼 만들 때 그리고 남자와 여자를 하나
로 만들 때 내 왕국에 들어가리라"

캐논 계산기가 하늘의 왕국에 대해 침식을 잊고 참구했다
눈과 귀를 닫고
계산하는 머리를 쉬고
기판에 설계된 논리회로와 프로그램을 모두 잊고 면벽
백 일의 명상을 거쳐 자신의 본성이 수(數)임을 자각했다

"하나는 모나드 혹은 단일이며 남성이면서 여성이며 홀
수이면서 짝수이다. 스스로는 숫자가 아니되 모든 숫자의
근본이자 기원이다. 이러한 모나드는 만물의 시작과 끝이
니, 그러나 그 자신이 시작과 끝도 모르는 것은 이것이 가
장 위대한 신의 속성이기 때문이다"
캐논 계산기는 피타고라스의 심오한 비전을 이해했다

"일시무시일(一始無始一)—하나가 시작하기를 무(無)에
서 시작했으나 시작이 있는 것은 아니며, 일종무종일(一終
無終一)—하나가 끝나기를 무에서 끝나나 끝남이 있는 것
은 아니다"
　　캐논 계산기는 천부경의 우주순환론을 이해했다

　　캐논 계산기는 동서양의 수의 본성에 대한 가르침을 생
각해 보다가 스스로 수와 하나가 되면서 수의 본성을 뛰
어넘었다
　　슈퍼컴퓨터의 전지전능을 지나갔다
　　캐논 계산기는 모나드와 무가 되면서 계산을 멈추었다
　　숨겨진 것 속의 숨겨진 것—불가사의한 무한이 되었다

●너희들이 둘을 - 내 왕국에 들어가리라: 『도마 복음서』.
●일시무시일(一始無始一)—하나가 - 끝남이 있는 것은 아니다: 『천부경
(天符經)』을 기본 경전으로 하는 대종교 해석을 따름.

이집트 환상

스카이 여행 채널에는 이집트 유적들을 보여 주는 프로그램

이집트 기자 피라미드에는 현세의 관광객들이 구름처럼 몰려 있네

오이디푸스에게 수수께끼를 묻지 않는 스핑크스

사막의 물 냄새를 부서진 코로 찾고 있는 스핑크스

쿠프와 카프레와 멘카우레의 피라미드 배치가 밤하늘 오리온 별자리를 가리킨다는 학설이 있는 피라미드

이집트 왕조를 세운 태양의 아들들은 하늘 저편 사람들일지도 모른다는 호사가들의 암시가 마음에서 빛나네

"나는 모래 속에 묻혀 있다. 괴로워 죽겠으니 모래를 파고 나를 꺼내 다오. 그렇게만 해 준다면 나는 너를 이집트의 파라오로 만들어 주겠다."

기원전 15세기 투트시모스 4세가 왕자의 신분으로 스핑크스의 발아래서 꾼 예지몽과 예언이 이루어졌음을 기록한 꿈의 비문(碑文)은 사막의 이상한 마법이었지

현실은 코발트색 하늘에서 태양이 불타오르고 스핑크스는 코가 부서진 세월을 보여 줄 뿐이었지만

'아침에는 네 발로 걷다가 점심에는 두 발로, 저녁에는 세 발로 걷는 것이 무엇인가?'라는 스핑크스 수수께끼에

오이디푸스는 '인간'이라는 해답을 내고 테베의 왕이 되었다는 이야기

스핑크스는 지식의 러시안룰렛 놀이에 패배해 절벽을 뛰어내려 죽었다는 이야기

오이디푸스는 운명의 고발로 친부를 죽이고 친모와 결혼한 범죄자가 자신임을 알고 스스로 두 눈을 뽑은 후 사막을 방랑하는 신세가 되었다는 이야기

이 이야기는 인류 지식이 델포이 신탁의 오라클이라는 알레고리인가?

스핑크스의 다른 수수께끼

'언니가 동생을 낳고 동생은 언니를 낳는다. 이 자매는 누구인가?'라는 대답은 바로 '낮과 밤'

불멸하는 시간과 유전하는 사물의 존재를 생각하게 하네

이집트 하늘의 신 누트와 대지의 신 게브는 서로 오누이 사이

근친상간의 금기를 거슬러 올라가면 만물이 탄생한 숭고한 비밀이 숨겨져 있네

대지의 성기가 하늘의 자궁과 결합하는 도착(倒錯)은 심
연의 어둠 속에 가려져 있네

생에 지친 자와 그 혼과의 대화가 낡은 파피루스에 기록
된 이집트
신전과 왕들의 석상과 벽화의 무게가 산처럼 무거운 이
집트
파라오의 혼이 호루스의 눈으로 빛나는 이집트
관광객들은 카메라에 주문(呪文)으로 봉인한 피라미드
마법을 기록하지만
디지털 메모리에는 사막 위의 돌덩이가 찍힐 뿐, 몇 천
년의 고색창연한 시간은 온데간데없네
초월 시간은 아마도 모래벌판 아래로 사라진 강이었거
나 하늘로 올라간 구름이어서 육체를 가진 인간은 만질 수
없는 신기루였네

무덤과 묘비명은 누구를 위하여 만든 돌 책들인가?
몸의 꽃기운이 무너지자 세상은 문인화에 갇힌 매란국
죽 같은 풍경
화밀이 있을 때 벌과 나비도 날아오고 춘사(春事)와 시

절 인연이 맺어지는 거지

　꽃들도 상강(霜降)이 오면 추해지고 가을 산보객은 얼굴을 돌리게 되는 것을

　인간에게는 대지의 죽음만이 영원한 진실

　시간을 방부 처리한 이집트의 비의(秘儀)가 가슴을 설레게 했지만 알렉산드리아의 장서들이 불타 버린 지금

　다른 세상으로 가는 지도는 얻을 수가 없네

　학인은 누에고치 속의 벌레처럼 입으로 시간을 토해 칭칭 감으면서 자신의 무덤을 만들고 있네

　영생을 질투하는 환몽에 갇혀 있는 나

　카발라의 조하르와 참동계(參洞契)의 문장 속에서 하늘에서 지상으로 가지를 드리운 영생의 생명나무를 상상해 보네

　이 길을 걸어간 예수와 마호메트와 석가의 형극이 어릴 적 우리 집의 탱자나무 울타리 향기처럼 몰려왔지만

　문명의 미로가 날마다 복잡해지는 21세기 도시에서 사자가 아닌 쥐의 삶을 사는 학인은 몸과 영혼이 창백하게 말라 가네

열반경의 기록에 석가는 태양이 떠오르는 새벽에 수행의 모든 의혹을 지우고 기쁨에 잠겼다지

보리수나무의 하늘에 만화경처럼 얽혀진 세계의 모든 연기(緣起)가 명경지수처럼 드러났기에

시인인 나는 꿈의 궁전이 사라진 폐허에서 눈물을 흘렸겠지만

이스라엘 성전이 무너졌기에 대대손손 통곡의 벽 앞에서 우는 유대인들처럼

궁궁을을(弓弓乙乙)로 날아가는 새들의 나라

용담유사(龍潭遺詞) 궁을가(弓乙歌)의 이상한 문장—'궁궁
을을(弓弓乙乙)'로 날아가는 새여
증산교 태을주(太乙呪)의 주문 속에 날아가는 새여
여동빈 태을금화종지(太乙金華宗旨)의 깊은 도와 함께 날
아가는 새여
날개에 바람을 안고 자연의 비밀을 드러낸 상형문자의
형상으로 날아가는 새여

태을금화종지의 종지는 근본이 되는 깊은 뜻이니 서술
어였고
금화는 황금처럼 화려하게 빛나는 부사였고
태을이 주어였으나 클 태(太)는 수식어이니 결국 을(乙)이
근본이 되는 깊은 뜻—종지(宗旨)의 주어였지
제목을 번역하면 태을이 황금처럼 빛나는 도의 깊은 뜻
중문학 전공 전영란 교수가 백도백과(百度百科)에서 검
색한 태을의 다른 뜻은 태일(太一)이자 태일(泰一)
태일(太一)이라면 왜 태갑(太甲)이 아닌 태을(太乙)로 표
현했는가가 학인의 의문
이상한 글자 태을을 설명하기 위해 예언서들과 도가(道
家)서들이 이상한 문장들을 동원하고 있었지

현도(玄道)의 비밀을 품고 있는 태을은 무엇인가

남사고비결(南師古秘訣) 아류의 예언서들을 뒤지고

태을주(太乙呪) '훔치훔치 태을천상원군 훔리치야도래
훔리함리사파하(吽哆吽哆 太乙天上元君 吽哩哆唧都來 吽哩喊哩娑
婆訶)' 주문을 백 번이나 읽어 보았지

한자어 태을천상원군과 도래를 제외하면 나머지는 산
스크리트어 주문의 한자 음사(音寫)

티베트 대명주(大明呪) 옴마니 반메 훔(oṃ maṇi padme
hūṃ)의 훔에서 겨우 연결 고리를 찾아

만트라(mantra) 해설들을 비밀첩보원처럼 뒤져 보니

옴(oṃ)은 시바 신이 추는 우주의 춤—파 에너지의 진동
이 암흑 어둠에서 일어나는 소리

훔(hūṃ)은 시바 신이 추는 우주의 춤—파 에너지의 진동
이 암흑 어둠으로 스러지는 소리

자연의 현도란 우주가 파 에너지의 사인 곡선—태을의
형상인 태극(太極)으로 이루어졌다는 뜻이었지

인간의 지성, 수학과 물리학은 우주를 양자역학의 파동과 에너지장으로 설명하고 있으니

세계는 파 에너지들이 우주 끝까지 궁궁을을로 섭동(攝動)하고 있는 새들의 나라였네

복잡계에 내재하는 카오스 운동— ∞ 운동에도 파 에너지의 철새들이 궁궁을을로 순환하고 있었네

문고리를 잡은 학인의 생각이 수수께끼의 문을 열고 들어가니 현도가 순백의 금강석으로 빛나고 있는 비밀 방

인간은 마음의 깊은 곳에 세계의 진리를 표상하고 그 속에 있고자 하는 의지의 생명력이 있으나

양자역학을 몰랐던 고대 현자들은 어떻게 우주 실상을 '일음일양위지도(一陰一陽謂之道)'로 직관할 수 있었을까

이 비밀 열쇠를 태을로 적어 놓으면 후세 학인이 어떻게 언어의 좁은 문을 지나 태허(太虛)에서 태양처럼 빛나는 현도를 찾아낸단 말인가

새여 날아오라

방황하는 환상의 새들이여 몰려들어라

하루 십만 개의 뇌세포가 죽어 가고 있는 늙은 학인의
시야에
　진리의 새 떼들이 깍깍 혹은 끼룩끼룩, 옴마니 반메 훔
의 울음처럼 날아가고 날아오는 장관을 보여 달라
　늙은 학인에게 레스피기의 새 같은 웅장한 율려(律呂)
음악을 들려 달라

●일음일양위지도(一陰一陽謂之道): 『주역』, 「계사전」.

칼리 여신을 사랑함

등불이 켜지기 전에도 존재했고 등불이 꺼진 후에도 살아 있는 당신

당신의 사랑과 관심으로 시작된 내 인생의 그림을 생각합니다

딸 넷을 낳고 절망한 어머니가 장독대에 정화수를 올리고 새벽에 백일기도를 해서 낳은 외아들을 기뻐하는 모습이 있습니다

동네 무당이 엄지 척의 인물이 될 거라 예언해서 어머니의 자부심과 환상은 마당의 키 큰 가죽나무처럼 무성했지요

나는 대전시 대흥동에 있는 충남 도지사 관사의 후문 뒷골목에서 이웃사촌인 도지사의 권력을 동경하며 자랐습니다

목숨의 파도에서 일어난 제비 새끼들이 노란 부리를 벌리는 것처럼

어둠에 몸을 기댄 빛의 새가 겨드랑이 날개를 키우는 것처럼

꿈의 아들이 시절 인연의 하늘을 향해 날아갔습니다

등불이 켜지기 전에도 존재했고 등불이 꺼진 후에도 살

아 있는 당신

　당신은 중고등학교 시절의 짙은 우울과 몽상 속에서 팝과 아리아의 여가수 목소리로 다가왔습니다

　당신은 화집에서 본 보티첼리의 비너스나 모딜리아니의 잔느처럼 다가오기도 했습니다

　당신을 향한 사랑을 적어 보는 낙서들이 조금씩 시의 형태로 드러났지요

　대학 시절의 죽을 것 같은 첫사랑의 경험

　신춘문예로 시인의 관사를 머리에 얹은 일

　현실의 여자를 만나 결혼을 하는 인생 역정이 모두 당신의 변신 이야기임을 나중에야 알았습니다

　토끼풀 흰 꽃들은 어두운 소나무 그늘 아래 더욱 빛나고

　운명에 관한 생각들은 하늘에 뜬 흰 구름을 배경으로 더욱 어두웠던 몽상의 시절에

　당신의 노래가 새의 고음과 맹꽁이의 저음으로 사랑과 죽음을 노래하는 오페라 아리아임을 그 당시에는 몰랐습니다

　등불이 켜지기 전에도 존재했고 등불이 꺼진 후에도 살아 있는 당신

내가 현실의 개미지옥에 빠져 영혼이 녹아내리고 있는
사십대 중반

당신의 현몽한 꿈을 지금도 잊을 수 없습니다

꿈속에서 당신은 화형대에 얹힌 마녀였습니다

두렵게도 당신은 마녀의 모습으로 나를 사랑한다고 했
으나 나는 마녀를 비난하는 재판관들의 권력이 무서워 그
자리를 피했습니다.

불길에 타 죽으면서 나를 바라보았던 당신의 눈과 비명
을 잊을 수가 없습니다

나는 화형장을 떠나 교회의 장례식에 갔는데 라이벌 관
계의 직장 동료가 가면을 쓰고 입장하라고 했습니다

꿈속에서도 가면을 쓰고 바라보는 관의 주인공이 '나'라
는 생각이 들었습니다

꿈을 깬 그날 새벽에 양심의 가책으로 나는 울었고 꿈의
의미는 분명했습니다

메두사의 얼굴로 나를 바라보는 당신의 얼굴은 내 심장
을 돌로 만들 것처럼 떨리고 무서웠습니다

등불이 켜지기 전에도 존재했고 등불이 꺼진 후에도 살
아 있는 당신

노후가 불안했던 나는 아내와 막 열풍이 불었던 컴퓨터 학원을 시작했고 타이밍이 어긋난 사업은 IMF가 오자 투자금이 모두 휴지가 되었습니다

당신은 구운몽의 성진처럼 부귀영화의 꿈에 빠진 나를 파산 직전에서 구출해 죽지 않을 만큼만 경고를 했습니다

당신이 원하는 꿈의 배우인 시인으로 살도록 운명의 여신 모이라에게 압력을 행사하였지요

프로스트의 시 가지 않은 길의 주인공처럼 나는 인생의 두 갈래 길에서 사람들이 가지 않아 수풀이 무성한 좁은 길을 선택하지 못했습니다

불현듯 꿈 깬 자리에서 다시 되돌아가야 할 먼 길을 쳐다보니 내 나이 벌써 오십이었습니다

나는 서가 구석의 돈 되지 않는 시 원고를 십 년 만에 다시 꺼내고 체념한 인생의 와신상담으로 맹렬히 시를 쓰고 발표를 했습니다

등불이 켜지기 전에도 존재했고 등불이 꺼진 후에도 살아 있는 당신

당신이 드러낸 죽음의 꿈은 시간과 공간에 펼쳐진 천라지망이었습니다

저녁노을이 세상을 피로 물들인 하늘에서 태양신 라의 마차를 타고 당신은 검은 베일을 쓴 지혜의 여신으로 나를 쳐다보았습니다

밤의 안개 속에서 빛의 기화요초가 핀 정원에는 당신의 권력이었던 황금 인장의 무거운 침묵이 있었습니다

생명을 주고 또 거두어 가는 당신의 섭리가 지상의 모든 꽃들을 떨어뜨리는 순간처럼 아름다웠습니다

찔레꽃과 하루살이와 내 목숨이 당신의 에너지에 심지를 담아 등불처럼 빛나고 있었을 때

당신은 인생의 미로를 쥐처럼 기어가는 내 영혼을 독수리의 눈으로 찾아내서 당신의 치마 아래로 가두었습니다

"너는 내 사랑에서 피어난 존재의 꽃이라는 등불일 뿐"

당신이 북극성 같은 지혜의 말씀을 하자 현명한 체념의 기쁜 감정이 내 정신을 빛나게 했습니다

등불이 켜지기 전에도 존재했고 등불이 꺼진 후에도 살아 있는 당신

저는 당신이 펼친 칼리 유가의 시대

'재산이 사회적 지위를 주고 정욕과 음란이 부부간의 유일한 끈이며 허위와 거짓이 성공의 조건이고 의례에 빠진

껍데기 종교가 무덤의 비석처럼 서 있는' 무대에서 지옥의 꿈을 꾸고 있습니다

당신은 사방팔방에 팔을 뻗는 천수관음처럼 세상의 모든 사건을 만져 꿈으로 만든 황금 궁전을 세우고 있습니다

내 목숨이 다하는 날, 꿈의 묘비명에 적힌 시인의 일생이 성공이었는지 실패였는지 상관없는 순간이 오겠지요

내 존재는 이승의 시간을 내려놓고 강 건너 어두운 숲에 있는 당신의 궁전으로 흰 새처럼 날아가겠지요

당신은 내 일생이 당신의 사랑을 얻기 위해 노심초사한 로미오의 꿈이었음을 이미 알고 있겠지요

우주를 산책하는 시(인)의 역설

오홍진(문학평론가)

1. 우주를 산책하는 사피엔스

김백겸은 사피엔스가 지배하는 지구의 한구석에서 우주를 상상하는 시(인)의 꿈을 펼치고 있다. 우주를 산책하는 사피엔스는 "영겁의 한순간을 사는 특권"(「괴물, 스페이스」)을 누린다. 그의 시에 나타나는 산책자(혹은 산보자)는 지구 변방의 작은 도시인 세종시를 거닐며 끊임없이 "천억 태양이 춤추는 은하수"(같은 시)를 넘본다. 시인은 레고 조각을 가지고 노는 게이머에 "괴물, 스페이스"를 비유한다. 우주의 창조자인 게이머는 레고 조각으로 세계 형상을 만들기도 하고, 파괴하기도 한다. 삶과 죽음을 한 몸에 담고 있는 게이머(신이라고 말해도 좋다)를 상상함으로써 시인은 시적 우주로 뻗어 나가는 길을 마련하고 있는 것이다.

「사피엔스」에서 시인은 "가이아-에덴으로부터 도망쳐 나와 실낙원의 고통 속에 살고" 있는 현생인류를 그리고 있다. 「지질 시간」에도 나타나는 '가이아-에덴'의 상상력은 흙에서 태어나 흙으로 돌아가는 생명의 삶과 긴밀하게 연동되어 있다. '가이아-에덴'을 뛰쳐나온 인간=사피엔스는 이성=과학의 힘으로 자연을 정복해 인간이 중심에 서는 세계를 만들었다. 이제 인간은 문명의 힘을 빌려 스스로 신이 되려고 한다. '호모 데우스(Homo Deus)'라는 말에 암시된 바 그대로, 인간은 완전한 존재가 되어 불사(不死)를 이루려는 꿈에 부풀어 있다. 흙으로 돌아가야 할 인간이 불사를 꿈꾸는 상황을 우리는 과연 어떻게 받아들여야 할까?

불사를 향한 꿈은 어찌 보면 '가이아-에덴'으로 돌아가려는 인간의 꿈을 에둘러 표현하는 것인지도 모른다. 이 꿈을 실현하기 위해 인간은 "지구-생명나무를 문명의 톱으로 잘라 자본의 화덕에 연료로 던지"(「사피엔스」)는 무지막지한 실험을 이 땅에서 벌이고 있다. 영생을 얻기 위해 다른 생명들과 더불어 살아야 할 터전을 망가뜨리고 있다고나 할까. 시인은 "삼십억 년 생명 역사에서 오억 종의 몸과 이름이 시간의 포말로 사라진"(같은 시) 상황에 주목하고 있다. 생명이 살아온 역사에서 보자면, 인간이라는 종(種)은 아주 작은 바이러스에 불과하다. 자연이라는 숙주에 기생하는 이 작은 생명체가 지금 생명 세계를 파괴하는 무모한 기행을 펼치고 있는 것이다.

호모 에렉투스—흙으로 돌아가 일부 뼈만 남았다
호모 사피엔스—네안데르탈렌시스는 멸종하고 호모 사

피엔스 사피엔스는 크로마뇽인과 북경원인으로 갈려 유전
자를 전달했으나 모두 흙으로 돌아갔다

호모 파베르—도시와 문명을 건축했던 도구 인간도 흙으
로 돌아갔다

호모 루덴스—놀이하는 인간도 흙으로 돌아갔다

호모 데우스—전지전능의 과학 지식과 기술 능력으로 스
스로 신의 위치에 오른 인간도 흙으로 돌아갔다

세상의 모든 인류가 가이아 여신-칼리의 집으로 귀환했다

—「지질 시간」 부분

인간이 지구를 지배하면서 수많은 생명들이 멸종되었
다. 시인은 전지전능의 과학 지식과 기술 능력을 인간이 지
닌 막강한 힘으로 제시한다. 달리 말하면 그것은 자본의 힘
이라고도 말할 수 있다. 자본은 오로지 이익만 추구한다.
자본이 휘두르는 문명의 톱은 자본 증식을 위해서라면 대
량 학살도 마다하지 않는다. 현생인류가 휩쓸고 간 대륙마
다 생명 다양성이 파괴되었다는 인류학적 사실을 가만히
떠올려 보라. '살처분'이라는 끔찍한 말로 살아 있는 가축들
을 죽이는 현재 상황은 또 어떤가? 흙에서 태어난 호모 에
렉투스는 죽어서 흙으로 돌아갔다. 전지전능한 과학의 힘
을 지닌 호모 데우스 또한 흙에서 태어나 흙으로 돌아갔다.
시인의 말마따나 "세상의 모든 인류가 가이아 여신-칼리의
집으로 귀환했다".

호모 에렉투스에서 호모 데우스에 이르는 인류의 역사

는 흙에서 태어나 흙으로 돌아가는 생명 순환의 역사와 밀접하게 이어져 있다. 삶과 죽음이 반복되는 순환의 역사를 시인은 「하늘 문학」에서 "물극필반(物極必反)의 시간"으로 규정한다. 사물이 극에 달하면 반드시 반전한다는 뜻을 담고 있는 이 말은 '기만즉경(器滿則傾)', 곧 그릇도 가득 차면 넘친다는 말과 더불어 쓰인다. 음(陰)이 있으면 양(陽)이 있고, 낮이 있으면 밤이 있다. 수컷이 있으면 암컷이 있는 것과 같은 이치다. 모든 생명이 모든 생명을 낳는 우주의 역사는 "중중무진(重重無盡)의 사건"(같은 시)으로 천지 사방에 펼쳐져 있다. 길이 끝났다고 생각한 곳에서 사방으로 다시 길이 뻗어 나간다.

자본을 등에 업은 인간은 문명의 톱을 얻은 대신에 삼십억 년 동안 이어져 온 생명의 나무를 시나브로 잃어 가고 있다. 흙에서 태어난 생명은 때가 되면 반드시 흙으로 돌아가야 한다. 삶과 죽음이 반복됨으로써 생명의 역사가 지속된다는 말이다. 갈라지고 잘라지는 생명나무의 한끝에서 고릴라, 침팬지와 어울리던 인간은 "죽음의 부표를 넘어가 대양의 어둠으로 돌아가려"(「사피엔스」) 하고 있다. 죽음의 부표를 넘어간 존재가 어떻게 삶으로 되돌아올 수 있을까? 물극필반의 시간은 삶과 죽음이 '하나'가 되는 시간을 가리킨다. 삶이 있어야 죽음이 있고, 죽음이 있어야 삶이 있다. 죽음의 부표 너머에 있는 대양의 어둠은 무엇보다 이러한 역설이 사라진 자리에서 뻗어 나온다고 봐야 하겠다.

보르헤스가 픽션들에서 말한 '끝없이 갈라지는 길들이
있는 정원'을 생각하네
　매 순간마다 사건의 빅뱅이 일어나고 모든 경우의 수가
가능한 폴리버스를 상상하네
　늙은 아이가 길을 바꿀 때마다 달라지는 판단과 행동의
양자 도약이 일어나는 시공간의 미로 정원
　그 다른 평행우주에서 나(Self)—죽지 않는 에너지 형상
은 어떤 삶을 살고 있을까

　첫사랑의 여자와 결혼한 늙은 아이는 LA로 이민 가서 세
탁소를 경영하며 검은 머리 파뿌리 되도록 작은 행복을 누
렸을까
　아버지의 바람대로 대전고등학교 대신 대전상고에 진학
해서 상호저축은행 이사장이 되어 있을까
　시인 대신 좌파 혁명가가 되어 모택동이나 레닌처럼 상
상 대신 현실을 뒤집었을까

> ―「평행우주에서 다른 나(Self)는
> 어떤 삶을 살고 있을까」 부분

대양을 뒤덮은 어둠은 생명이 탄생하기 이전의 상황을
가리킨다. 생명나무가 없으니 끝없이 갈라지는 길들 또한
당연히 있을 리 없다. 호모 데우스로서 인간은 영원한 삶
을 꿈꾸지만, 이 꿈을 실현하는 순간 인간은 더 이상 생명
이 아닌 존재가 되어 버린다. 매 순간마다 일어나는 사건의

빅뱅에 참여할 수도 없고, 모든 경우의 수가 가능한 폴리버스를 상상할 수도 없다. 생명이 생명을 낳는 단순한 이치는 흙에서 태어난 생명은 흙으로 돌아가야 한다는 아주 단순한 이치를 밑바탕에 깔고 있다. 모든 생명이 모든 생명의 어머니가 되고 자식이 되는 이치를 시인은 "늙은 아이가 길을 바꿀 때마다 달라지는 판단과 행동의 양자 도약"으로 이야기한다.

"늙은 아이"라는 역설적 존재를 통해 시인은 삶과 죽음이 하나가 되는 "시공간의 미로 정원"으로 시적 도약을 감행한다. 시적 도약은 벼랑에서 한 걸음을 더 내딛는 '치명적 도약'(옥타비오 파스)을 그 속에 내포하고 있다. 지금 이곳에 있는 '나'에 집착하면 다른 세계로 넘어가는 시적 도약을 펼칠 수 없다. 시인은 평행우주에서 다른 생을 사는 "다른 나(Self)"를 상상한다. 인생의 어느 시점에서 우리는 무언가를 선택함으로써 무언가를 포기해야만 했다. 현실 속에서는 이 길과 저 길을 동시에 걸을 수 없지 않은가. 평행우주를 여는 양자 도약은 현실에서는 불가능한 이 동시성을 상상으로 실현한다. 상상 속에서는 끝없이 갈라진 모든 길을 걸을 수 있는 것이다.

김백겸이 상상하는 시 세계는 이렇듯 "양자 도약 사건들이 지금 현재를 울울창창하게 수놓고 있는 2020년 4월 20일 세종시 반곡로 14, 107동 302호"(같은 시)에서 사방 우주의 방대한 세계로 펼쳐져 나간다. 먼지 하나가 거대한 우주를 떠받치는 세계를 떠올려 보라. 먼지 하나에는 온 우주가 주름처럼 차곡차곡 접혀 있다. 먼지에서 흘러나온 수많은 길들이 우주를 낳고, 우주에서 흘러나온 수많은 길들이 헤아릴 수 없이 많은 먼지를 낳는다. 하나의 길은 수많은 길로 이어지고 수많은 길은 다시 하나의 길로 이어진다. 지금 우리가 사는 세상은 길과 길이 만나 새로운 길들로 이어지는 '양자 도약'의 이치를 통해 이루어졌다. 이곳에 사는 '내'가 숨을 내쉬는 순간, '나'는 온 우주와 호흡을 같이하는 우주인으로 거듭나는 것이다.

시인은 불사를 꿈꾸는 인간의 욕망을 "스스로 증식해서 불사를 복사하는 바이러스"(「율도국」)로 표현한다. 불사를 향한 인간의 욕망은 증식에 목숨을 건 자본의 논리와 정확히 닮았다. 영생을 꿈꾸는 순간 인간은 스스로 증식해서 숙주인 생명나무를 죽이는 바이러스가 될 수밖에 없다. "죽음이 없으므로 사랑의 고통도 없고 그래서 불안도 없는 바이러스는 로봇 군대처럼 오직 증식이 목표"(같은 시)인 생명 세계를 만들어 낸다. 코로나바이러스가 인간의 삶을 옥죄는 이 시대에 스스로 바이러스가 되려는 호모 데우스의 헛된 열망을 김백겸은 우주를 산책하는 시인의 열정으로 풀어내려 한다. 호모 데우스가 불사를 꿈꾼다면, 우주의 산책자는 죽음을 꿈꾼다. 죽음을 통해 삶으로 되돌아오는 생명의 역설은 바로 이 자리에서 피어나는 것이다.

2. 학인(學人)과 시인(詩人) 사이

우주를 산책하는 "늙은 아이"의 형상은 어떤 때는 학인으로, 어떤 때는 시인으로 변주되어 나타난다. 학인과 시인을 구분해서 이야기했지만, 김백겸 시에서 이 두 존재는 하나로 이어져 있다. 「이태리포플러」에는 "상형(象形)의 어머니 가이아가 스페이스의 힘을 사방에 부적으로 드러낸 풍경 속에서 나는 의심으로 괴로운 학인"이라는 구절이 나온다. 자연이 내보이는 기호를 사유하는 존재를 시인은 학인이라 표현하고 있는 것이다. 「궁궁을을(弓弓乙乙)로 날아가는 새들의 나라」를 참조한다면, 학인의 의문은 언제나 "현도(玄道)의 비밀을 품고 있는 태을은 무엇인가"라는 우주 근원의 문제와 이어져 있다.

시인 예수는 들판의 백합이 아름답다고 말했지
백합을 피워 낸 암흑 질서—솔로몬의 영광보다도 아름다운 자연 형상은 때와 곳에 구애받지 않는구나
학인이 그-영원한 얼굴을 그려 내려 할수록
그-영원한 얼굴은 붓을 쥔 손가락에서 빠져나가 하늘의 구름이나 숲의 바람으로 흘러간다

대지의 어둠으로부터 밝은 태양을 향해 일어선 백합의 비밀, 타우마제인을 학인은 보고자 했지
'백합이 백합이고 백합이다'라는 명제의 비밀
저녁에 핀 한 송이 백합에게는 학인이 너무 늦게 도착했고 새벽에 핀 한 송이 백합에게는 학인이 너무 일찍 도착한 모양

데메테르의 딸 페로세포네 같은 백합이 지금 학인 앞에
현존하는 것
이 기쁨이 백합의 운명
혹은 태양의 사명
혹은 시간이라는 폭풍의 비밀

—「들판의 백합, 타우마제인」 전문

들판에 핀 백합을 보고 아름답다고 말한 예수를 김백겸
은 '시인'이라고 부른다. 예수는 백합을 피워 낸 암흑 질서
를 한눈에 알아보았다. 백합의 "그–영원한 얼굴"을 붓으로
그리려던 학인이 이르지 못한 자리를 "시인 예수"는 단번에
이른 것이다. 시인으로서 김백겸이 지향하는 지점이 학인
을 넘어선 "시인 예수"의 자리에 있는 것은 분명해 보인다.
학인은 사유를 통해 백합의 "영원한 얼굴"을 그리려 하지
만, 그것은 언제나 저 멀리서 반짝이는 환영으로만 존재할
뿐이다. 시인 예수는 "'백합이 백합이고 백합이다'라는 명
제의 비밀"을 직관으로 깨우쳤다. 의심이라는 사유의 길로
백합의 비밀에 접근하려는 학인과는 애초부터 다른 방식으
로 들판에 핀 백합과 마주한 셈이다.
"시인 예수"는 눈앞에 펼쳐진 백합을 의심하지 않는다.
백합은 너무 늦게 피는 것도 아니고 너무 빨리 피는 것도
아니다. 백합은 지금 "시인 예수"의 눈앞에 활짝 피어 있다.
지금 눈앞에 핀 백합을 보지 않고 학인은 백합 너머에 있는

또 다른 백합을 자꾸만 보려고 한다. 보이지 않는 것을 보려고 하니 학인은 끊임없이 눈앞에 펼쳐진 백합을 의심할 수밖에 없다. 눈앞에 피어난 백합이 백합이 아닐지도 모른다는 의심에 빠지는 순간, 백합의 비밀은 저 멀리로 사라져 버린다. 학인의 의심과 "시인 예수"의 직관 사이에는 이토록 머나먼 거리가 내재되어 있다. 의문에 강조점을 두는 순간 학인은 백합의 "타우마제인"을 놓치게 되는 것이다.

물론 학인은 시인과 마찬가지로 근원을 향한 질문의 끈을 놓지 않고 있다. 「궁궁을을로 날아가는 새들의 나라」에 표현된 대로, (늙은) 학인은 현도(玄道)를 말하는 수많은 비결서(秘訣書)를 읽고 "현도가 순백의 금강석으로 빛나고 있는 비밀 방"으로 간신히 들어선다. 현도가 살아 숨 쉬는 비밀 방에서 학인은 과연 "시인 예수"처럼 백합의 비밀과 마주했을까? 김백겸은 "진리의 새 떼들이 깍깍 혹은 끼룩끼룩, 옴마니 반메 훔의 울음처럼 날아가고 날아오는 장관을 보여 달라"(같은 시)고 요청한다. 이미 비밀 방으로 들어선 (늙은) 학인은 왜 진리의 장관을 보여 달라고 이토록 애절하게 외치고 있는 것일까?

"양자역학을 몰랐던 고대 현자들은 어떻게 우주 실상을 '일음일양위지도(一陰一陽謂之道)'로 직관할 수 있었을까"(같은 시)라는 구절에 이 물음에 대답할 근거가 나와 있다. 고대 현자들은 양자역학이라는 현대 과학 이론을 몰랐지만 우주의 실상을 직관할 수 있었다. 요컨대 그들은 "시인 예수"처럼 백합의 "타우마제인"을 온몸으로 직관하는 존재들이었

던 셈이다. 이에 비하면 학인은 양자역학의 논리로 현도를
사유한다. 비밀 방에 한 발을 들여놓은 학인은 그래서 "진
리의 새 떼들"이 우는 소리를 들려 달라고 거듭 외친다. 사
물을 직관하는 "시인 예수"라면 비밀 방으로 들어서는 순간
이 소리와 마주했을 것이다.

> 인간이 늙어 육체가 쇠약해지니 죽음이 헤라클레스처럼
> 근육을 자랑하네
> 인간의 얼굴에 검버섯이 생기고 주름이 잡히면서 죽음은
> 핏기가 도는 청년이 되네
> 인간의 기억이 치매로 흐려지면서 죽음은 일생의 모든
> 기억을 생생하게 넘겨받는 바통 터치를 준비하네
> 인간이 황천을 건너 피안에 이르렀을 때 인간은 마침내
> 죽음의 부활한 얼굴을 보게 되겠지
> 드라큘라처럼 지하의 시간에서 일어선 얼굴을
> 불사의 얼굴을
>
> 오작교를 건너가면 하늘의 초승달 같은 창백한 표정의
> 염라대왕이 묻겠지
> 네 이름이 무엇이냐?
> 저는 시인입니다
>
> ─「플루토의 선물」 부분

제목에 쓰인 '플루토'는 그리스 신화에 나오는 저승 신

을 가리킨다. 인용하지 않은 부분에서 시인은 "인생의 부는 '단위 시간당 경험의 질 곱하기 시간'이라"는 러시아 수학자의 말을 제시한다. 플루토는 저승 신을 의미하면서 동시에 '부, 재산'이라는 뜻을 품고 있기도 하다. 생명으로 태어난 이상 죽음을 피해 갈 수는 없다. 호모 데우스는 불사하는 신을 꿈꾸지만, 시간에 매여 사는 인간이 어떻게 이 꿈을 이룰 수 있을까. 이리 보면 중요한 것은 결국 주어진 시간을 어떻게 사느냐 하는 문제로 귀결된다. 같은 시간을 살아도 '경험의 질'이 다르면 인생의 부가 달라진다. 죽음이 인생의 질을 결정하는 근원으로 작용하는 셈이다.

김백겸은 시작(詩作)을 통해 인생의 부를 차곡차곡 쌓았다. 그는 죽음 앞에서도 아랑곳하지 않고 시를 쓰려고 한다. "시가 정신을 파먹는 암인 줄도 모르고 평생을 전전긍긍한 와신상담의 인생"(같은 시)이 곧 김백겸이 쌓아 올린 "플루토의 선물"이라고나 할까? 저승의 신으로서 플루토는 인간에게 죽음만 선물한 게 아니다. 죽음과 더불어 그는 죽음을 넘어서는 또 다른 삶을 인간에게 선물했다. 물론 인간이 그 선물을 제대로 받으려면 그만큼 경험의 질을 높여야 한다. 김백겸은 시를 쓰면서 "인간의 얼굴에 검버섯이 생기고 주름이 잡히"는 시간을 애오라지 견디고 있다.

삶 속에서 죽음을 사유하는 시 쓰기는 시간에 매인 존재가 시간 속에서 시간과 더불어 사는 방식을 정확히 보여 준다. 김백겸은 "인간이 황천을 건너 피안에 이르렀을 때 인간은 마침내 죽음의 부활한 얼굴을 보게 되겠지"라고 쓰고 있다. 중요한 것은, 저편에서 부활한 죽음의 얼굴을 그는 이미 이편에서 시를 통해 엿보았다는 대목이다. 창백한 얼굴을 한 염라대왕이 오작교를 건너온 이에게 이름을 묻는다. 그 사람은 주저 없이 "저는 시인입니다"라고 대답한다. 김백겸은 죽어서도 '시인'으로 남는 삶을 지금 이곳에서 살려고 한다. "시인 예수"로 가는 길을 걷기 위해 그는 오늘도 우주의 산책자가 되어 죽음이라는 한계 지점을 넘나들고 있다. 한 사람의 학인은 이렇게 한 사람의 시인으로 거듭나는 과정을 거치고 있는 것이다.

3. 칼리 여신을 사랑한 로미오

「현실은 괴로웠으나 환상은 높고 화려하다」에서 시인은 괴로운 현실 속에서 다른 현실을 엿보는 환상의 길을 내보이고 있다. 김백겸의 이번 시집에 두드러지게 드러나는 환상의 형식은 우주를 산책하는 존재로서 시인이 서 있는 장소를 분명히 제시하고 있다. 순간과 영원이 맞물리는 자리에서, 혹은 삶과 죽음이 맞물리는 자리에서 (시적) 환상이 펼쳐진다. 시인은 언젠가 베일을 쓴 유혹의 딸인 살로메를 꿈인 듯 본 적이 있다. 자본 사회의 전장을 돌아다니던 전사이자 소시민이었던 그는 살로메의 유혹을 단호하게 거부했다. 환상보다는 현실을 선택한 셈이다. 전장의 승리자가 되고 싶은 무한 욕망에 충실한 시절이었다고 해도 좋겠다.

자본 사회의 승리자가 되려면 무엇보다 자본이 만든 경쟁 논리를 온몸으로 받아들여야 한다. 자본은 주변을 둘러 보지 않는다. 경주마처럼 오로지 앞만 보고 달리는 게 자본이다. 번개처럼 빠르게 자본의 전쟁터를 누비던 사람은 이제 "은퇴 백수"가 되어 "선물을 받고도 선물인 줄 몰랐던 청춘의 연애"를 떠올리고 있다. 선물을 선물로 느끼지 못할 만큼 시인은 각박한 삶을 살아왔다. 괴로운 현실에 적응하느라 높고도 화려한 환상에 젖을 겨를이 없었다고 말하는 게 정확하겠다. 돌려 말하면, 인간은 죽음을 온몸으로 느끼는 황혼 녘에 이르러서야 비로소 지금과는 다른 현실을 꿈꾸는지도 모른다.

대전시 대흥동 수도산 자락의 유년으로부터 세종시의 노년으로 이사 온 어느 날 오후에
세종시가 시간의 물속에 잠겨 백 년 잠을 조용히 자고 있는 어느 날 오후에
검은 새 한 마리가 눈 깜짝할 사이에 지나갔네
너무나 빨라 모습도 이름도 알 수 없었던 검은 새 한 마리가

푸른 어항에 담긴 시간의 평화를 흔들고 갔네
세종호수 추파(秋波) 같은 파문이 구만리 하늘을 지나 은하계 어둠 끝까지 멀어져 갔네
검은 새가 날개를 펴고 날아가자 현실이 금환일식처럼 캄캄해지면서 옥타브가 다른 세상의 침묵이 내려왔던 어느 날 오후에

검은 태양이 절대 반지처럼 권력을 내뿜었으니 내 인생이
피하지 못한 독새가 날아왔나 보다 생각한 어느 날 오후에

위험한 산책길에서 아파트 서재로 돌아와 물끄러미 생각
해 보니
검은 새의 이름이 죽음이었던
검은 새의 이름이 무한이었던
어느 날 오후에

—「검은 새」 전문

죽음이자 무한인 검은 새 한 마리가 어느 날 오후, 눈 깜
짝할 사이에 시인의 눈앞을 스쳐 간다. 너무 빨리 사라져
이름도 알 수 없는 검은 새 한 마리를 보고 시인은 "푸른 어
항에 담긴 시간의 평화"가 흔들리는 걸 느낀다. 평화로운
어항 속에서는 아무 일도 일어나지 않는다. 그 안에 사는
금붕어는 그저 입만 벙긋대며 유유히 움직일 뿐이다. 살아
있어도 사는 것 같지 않은 시간이 흐르는 세계라고나 할까.
이런 세계로 갑자기 검은 새 한 마리가 날아들어 추파(秋波)
를 일으킨다. 어항 속을 미세하게 흔든 파문은 구만리 하늘
을 넘어 아득한 우주 너머로 멀어져 간다. 노년의 시간이
흐르는 세종시에서 시인은 순식간에 찾아왔다가 덧없이 사
라진 '이것'과 불현듯 조우하고 있는 것이다.
현실에 나타났다가 현실 너머로 사라진 검은 새는 이편
과 저편의 경계에 놓여 있는 '실재(the Real)'라고 할 수 있

다. 옛사람들은 대문 밖이 북망산이라는 말로 삶과 더불어 있는 죽음을 이야기했다. 이편에 있는 사람들은 어떻게든 저편으로 가는 길을 늦추려고 한다. 불멸을 꿈꾸는 호모 데우스는 과학기술의 힘을 빌려 이편과 저편의 거리를 넓히려고 한다. 현실 속에 실재라는 환상이 개입할 여지를 아예 없애려고 하는 것. 다시 말하지만, 육체적인 차원에서 불멸에 이르는 건 불가능한 일이다. 육체는 시간을 벗어날 수 없기 때문이다. 육체를 지니는 순간 생명은 시간에 매일 수밖에 없다. 시간은 생명으로 태어난 존재의 운명인 셈이다.

시인은 "검은 새가 날개를 펴고 날아가자 현실이 금환일식처럼 캄캄해지면서 옥타브가 다른 세상의 침묵이 내려왔"다고 고백한다. 검은 새 한 마리가 눈 깜짝할 사이에 나타났다가 사라진 것처럼, 옥타브가 다른 세상 또한 한순간의 느낌으로 시인의 온몸을 휘감았다가 이내 흐려진다. 금환일식인 듯 캄캄한 현실은 검은 새를 본 순간에 펼쳐진 시인의 정신세계를 에둘러 표현한다. 검은 새는 세종시를 거닐던 노인을 옥타브가 다른 세상인 우주 저 멀리로 데려간다. 이편의 마음=욕망을 지닌 채로 저편에서 오는 실재를 체험할 수는 없다. 실재는 이편에 사는 사람은 어찌할 수 없는 죽음이자 무한이라는 점을 다시금 새겨 보면 어떨까? 실재와 마주침으로써 시인은 드디어 시간의 물속을 뒤흔드는 파문을 온몸으로 느끼게 되는 것이다.

아마존 밀림 같은 숲의 메가시티에는 인간을 반기지 않

는 기운들이 있다

나무와 나무들이 원시 공산주의를 이루고 사는 생명 공
동체 숲속에는 등산화와 지팡이 소리를 반기지 않는 찌푸린
표정들이 있다

산허리를 돌아간 임도의 끝에는 대전 공원묘지 후문

죽은 사람들의 비석

　　　　　　　　　　　　　　　　　—「임도(林道)를 걷다」 부분

나뭇잎 글자들이 검은 눈을 뜨면서 초록 황금의 비문(秘
文)이 보였습니다

천수관음의 나뭇가지들이 별들의 에너지를 끌어오는 초
환(招還) 마법을 수행했습니다

학인은 어떤 글자일까요

이태리포플러가 펼친 빛과 어둠의 교향악 속에서 이상한
음표로 떠 있는 나

천일야화가 중중무한(重重無限)으로 벌려진 꿈의 거울 우
주 속에서 학인은 어떤 이야기를 위한 글자일까요

　　　　　　　　　　　　　　　　　—「이태리포플러」 부분

"금계국과 박새들의 울음이 있는 임도"(「임도를 걷다」)와
"천일야화가 중중무한으로 벌려진 꿈의 거울 우주"를 거닐
며 시인은 "학인은 어떤 글자일까요"라는 질문을 끊임없이
던진다. "인간을 반기지 않는 기운들"로 넘쳐나는 참으로
다른 세상에서 살려면 당연히 인간의 흔적을 지워야 한다.

인간의 흔적이란 성공을 향한 지독한 욕망을 가리킨다. 자본 사회에 파묻힌 전사는 꿈의 거울 우주에서 펼쳐지는 수많은 이야기들에는 관심을 기울이지 않는다. 자본 사회는 현실 바깥을 인정하지 않기 때문이다. 검은 새와 같은 실재를 인정하면 자본 사회는 힘없이 무너져 내린다.

자본 사회를 사는 사람들은 언제나 성공한 이들의 이야기에 열광한다. 그들은 수많은 생명이 서려 있는 숲속보다는 속된 욕망으로 넘쳐나는 화려한 도시의 불빛에 매료된다. 숲속의 침묵이 사라진 도시에서 살려면 강인한 전사가 되어야 한다. 자본 사회를 사는 전사들은 '살기 위해' 무서운 속도로 자본이 만든 트랙을 내달린다. 다른 세상의 복숭아 꽃잎이 떠내려오는 침묵의 계곡을 살필 겨를이 이들에게는 없다. 천천히 임도를 걷는 시인은 무엇보다 도시인들이 내버린 침묵을 가슴에 품고 죽은 이들이 사는 임도의 끝을 향해 나아간다. 자본의 전사들이 욕망에 물든 삶을 향해 빠르게 내달린다면, 시인은 세속의 소음이 끼어들기 힘든 침묵의 자리를 향해 천천히 발걸음을 내딛는다.

중중무한의 생명 이야기가 펼쳐지는 침묵의 자리는, 「캐논 계산기」에 이르면 시작과 끝이 하나로 이어지는 "천부경의 우주순환론"으로 변주되어 나타난다. 시작과 죽음이 하나로 이어져 있듯 삶과 죽음 또한 하나로 이어져 있다. 삶이 곧 죽음이고, 죽음이 곧 삶이 되는 우주 순환의 법칙은 임도의 끝에서 죽음을 발견하는 시인의 길이 결국은 새로운 삶으로 나아가는 또 다른 시작(끝)이라는 것을 에둘러 드러낸다. 계산하는 이성 너머에 "불가사의한 무한"이 있다. 김백겸 시를 관류하는 환상의 형식은 이 지점에서 괴로운 현실 속에서 무한을 발견하는 시(인)의 정신과 긴밀하게 이어지고 있는 셈이다.

시인은 「칼리 여신을 사랑함」이란 시에서 자신이 살아온 삶의 여정을 압축적으로 표현하고 있다. '칼리'는 인도 신화에 나오는 대지의 여신을 가리킨다. 시인은 자신의 인생 역정을 칼리 여신의 변신 이야기로 요약한다. 흙에서 태어나 흙으로 돌아가는 인생길에서 시인은 끊임없이 칼리 여신이 제시한 길과는 다른 길을 걸으려고 했다. "현실의 개미지옥에 빠져 영혼이 녹아내리고 있는 사십대 중반"에는 마녀로 몰려 화형을 당하는 여신의 슬픈 눈을 애써 피하는 꿈을 꾸기도 했다. 자본 사회에서 칼리 여신은 순간적으로 나타났다가 사라지는 '검은 새'와 같은 실재라고 할 수 있다. 잠깐 보는 것만으로도 죽음을 의식하게 만드는 무섭고도 무서운 그 실재 말이다.

"구운몽의 성진처럼 부귀영화의 꿈에" 빠졌던 시인은 오십이 넘어서야 서가 구석에 처박아 놓은 시 원고를 무려 십 년 만에 다시 꺼내 들었다. 돈이 되지 않는 시를 맹렬히 쓰면서 시인은 "생명을 주고 또 거두어 가는 당신의 섭리"를 온몸으로 깨닫기 시작한다. 칼리는 욕망에 매인 사람들이 가지 않는 비좁은 길로 시인을 내몬다. 누구나 선택하는 길 위에서 쓰는 시로 어떻게 여신의 섭리를 펼쳐 낼 수 있을까? 여신의 섭리를 시어로 표현하는 이 숭고한 작업을 시

인은 "당신의 사랑을 얻기 위해 노심초사한 로미오의 꿈"이
라고 표현한다. 목숨을 걸고 사랑을 한 로미오처럼 시인 역
시 목숨을 걸고 시를 쓰려고 한다. 이러나저러나 김백겸에
게 시는 죽음으로 가는 길 위에 오롯이 놓인 사물과 다르지
않은 것이다.

4. 무현금(無玄琴)을 타는 은사(隱士)

죽음을 노래하는 시인은 벼랑 위에서 한 발을 더 내딛는
'치명적 도약'의 상황에 거듭 빠져든다. 산 것도 아니고 죽
은 것도 아닌 미묘한 상태가 이 말에는 스며들어 있다. "늙
은 아이"의 역설로 표현되는 김백겸 시의 주체는 무엇보다
이편에서 저편을 경험하는 경계인으로서 정립될 수 있다.
경계는 이편과 저편을 가르면서, 동시에 이편과 저편을 아
우르는 모순을 내포하고 있다. 땅에 살면서도 하늘을 품은
이 존재는 헤아릴 수 없는 시간을 살았으면서도 여전히 아
이의 얼굴을 지니고 있다. 어른이면서 어른이 아니고, 아이
면서 아이가 아닌 이 존재를 시인은 "무현금을 타는 은사"
로 표현한다.

언어로 제단을 쌓아 후세에 남을 한 편의 시를 만드는 일
은 히브리 노예의 땀과 피로 피라미드를 세우는 일보다 힘
든 일
월하독작(月下獨酌)을 위한 시이기에 시편을 물 위에 떠
내려 보내는 선비의 자부심은 타오르는 불 속에 눈이 녹는

것처럼 순식간의 흥취

　　　은퇴 백수는 소마주와 하시시를 가지고 히말라야 동굴로
가야 할까

　　　큰 바위가 있는 절벽에서 무현금(無玄琴)을 타는 은사(隱士)

　　　구름 속의 달이 비치는 절벽에서 무현금을 타는 은사

　　　시동이 찻물을 끓이고 있는 절벽에서 무현금을 타는 은사

　　　악음(樂音)이 없기에 천지 사방이 괴괴한 그림

　　　악도(樂道)만 있기에 심금(心琴)만 있는 그림

　　　　　　　　　　　―「월하탄금도(月下彈琴圖)」 전문

　　위 시에서 시인은 '악음(樂音)'과 '악도(樂道)'를 통해 시 쓰
는 일에 새겨진 비의(秘義)를 살피고 있다. '악음'이 천지 사
방을 흐르는 소리라면, '악도'는 그 소리가 흘러나오는 근원
이라고 할 수 있다. "언어로 제단을 쌓아 후세에 남을 한 편
의 시를 만드는 일"에 골몰하는 시인은 달빛 아래서 술을
마시며 "무현금을 타는 은사"가 되려고 한다. 피라미드를
세운 히브리 노예의 노동보다 더 힘든 게 시를 쓰는 일이라
고 시인은 말한다. 시작은 육체의 고통을 넘어서는 자리에
서 피어난다는 얘기겠다. 드높은 절벽에서 한 발을 더 내딛
는 바로 그 자리에서 시를 쓰는 마음이 뻗어 나온다고나 할
까. '악음'은 없고 '악도'만 있는 그림에서 '심금'이 울리는 이
치 또한 이와 다르지 않을 것이다.

　　인간의 마음은 지독한 욕망으로 물들어 있다. 욕망에 물

든 눈으로 어떻게 월하독작을 위한 시를 쓸 수 있을까. 달 아래서 홀로 술을 마시며 시를 읊는 낭만적 흥취의 이면에는 자기를 내려놓는 험난한 여정이 내포되어 있다. 마음은 잡힐 듯 잡히지 않는 실재와 같다. 손에 움켜쥐었다고 생각한 순간 실재는 저 멀리로 도망가 버린다. 보이지만 잡을 수는 없는 이 마음의 실재로 해서 시인은 지금과는 다른 세상을 갈망한다. 임도를 걸으며 칼리 여신을 상상하던 시인은 이제 소마주와 하시시를 들고 히말라야 동굴로 가려고 한다. 실재가 오기를 기다리는 게 아니라 실재가 사는 장소를 스스로 찾으려는 이 마음이 바로 김백겸의 시심을 낳는 원동력이라고 해도 좋을 것이다.

구름 속 달빛이 비치는 절벽에서 "무현금을 타는 은사"는 세속을 끊고 자연과 더불어 사는 존재라고 말할 수 있다. 세속과 이어진 연을 끊으려면 마음속에서 들끓는 욕망을 가차 없이 잘라 내야 한다. "악음이 없기에 천지 사방이 괴괴한 그림"에서도 은사는 심금을 울리는 소리를 듣는다. '악도'는 말로 표현할 수 있는 것도 아니고, 소리로 드러낼 수 있는 것도 아니다. "순간의 기쁨"(「밤하늘 눈썹에는 눈물 같은 별들」)을 말과 소리로 표현하는 순간, 그것은 마음에 갈무리할 시간도 없이 저 멀리로 흩어져 버린다. "무현금을 타는 은사"의 길에서 시인이 언어에 절망한 존재를 연상하는 까닭은 여기서 비롯된다고 하겠다.

예술가의 포에지는 손끝의 기교를 넘어서는 환상의 불꽃

에 있지

도공이 흙에서 빚어 올린 다기가 실용을 위해서는 막사
발이 되지만 임금에게 진상하기 위해 심혼을 불어넣으면 명
기(名器)가 되지

예술가의 내면에서 불가마 천 도의 열이 미묘한 환상의
색감을 만들어 내는 비밀의 포에지

그 환상 불꽃이 없으면 도공은 도자기를 부수어야 하지

시도 꿰맨 흔적이 없는 언어의 태피스트리를 완성하기
위해서는 무수히 습작을 하고 버려야 하지

붓 천 자루에 벼루 백 개를 갈아서 버린 추사 김정희의
연습량처럼

옛 시인들이 시를 물 위에 떠내려 보낸 해프닝은 언어의
초월이 아니라 언어에 절망했기 때문이라고 생각을 수정하
는 아침

　　　　　　　　　　　　　　—「붓 천 자루에 벼루 백 개」 전문

사람들의 심금을 울리는 시는 "손끝의 기교를 넘어서는
환상의 불꽃"에서 뻗어 나온다. 기교와 불꽃의 차이는 무엇
일까? 기교는 '악도'가 없는 예술을 가리킨다. 그릇을 만드
는 도공의 시선으로 따진다면, 실용을 위한 막사발이 아니
라 심혼을 불어넣은 명기가 곧 기교를 넘어서는 "환상의 불
꽃"과 이어진다고 할 수 있다. 도공의 심혼은 그릇 속에 '악
도'로서 담긴다. '악도'는 '소리 없는 소리'를 지향한다. 심금

(心琴)이라는 말에 드러나는바 그대로, 마음속에서 울리는 거문고 소리가 '소리 없는 소리'가 되어 사람들의 심혼을 뒤흔든다. 짙은 어둠을 뚫고 나오는 아주 작은 불꽃과도 같은 소리가 '악도'가 아니면 무엇이겠는가.

김백겸은 이 "환상의 불꽃"을 예술가의 내면에서 움트는 "비밀의 포에지"로 표현한다. "비밀의 포에지"에 이르려는 존재는 불가마 천 도의 열이 뿜어내는 미묘한 환상을 온몸으로 받아들여야 한다. 온몸을 녹여 버리는 "환상 불꽃"을 견디지 못한 그릇이 나오면 도공은 주저 없이 그 그릇을 부수어 버린다. 티 하나 없는 그릇을 만들기 위해 도공이 벌이는 외롭고도 외로운 싸움을 떠올려 보라. 자기 목숨을 걸고 새로운 차원으로 도약하는 '외로운 싸움'을 거쳐 도공은 드디어 심혼이 서린 명기 하나를 만들어 내는 것이다. 시인은 도공의 심혼이 스민 이 그릇에 빗대어 "시도 꿰맨 흔적이 없는 언어의 태피스트리를 완성"해야 한다고 선언한다.

티 하나 없는 시를 쓰려면 당연히 무수한 습작의 과정을 거쳐야 한다. 서도(書道)의 경지에 이르기 위해 추사 김정희는 붓 천 자루에 벼루 백 개를 갈아서 버렸다고 하던가. 심혼을 불어넣은 명기 하나를 만들기 위해 도공 또한 "환상 불꽃"이 없는 도자기를 수없이 부수었다. 시인이라고 다를까. 시인은 셀 수 없이 많은 시를 쓰고, 셀 수 없이 많은 시를 버렸다. 언어로 "비밀의 포에지"를 열어젖히기 위해 그는 흐르는 시간을 부여잡고 쓰고 또 쓰는 고통스런 나날을 보냈다. 시인은 얼마나 많은 붓과 벼루를 허공 속에 던져

넣었을까? 그것은 오로지 시간만이 알 일이다. 시의 현도 (玄道)란 결국 시간 속에서 펼쳐질 수밖에 없는 것이니까.

김백겸이 이야기하는 "손끝의 기교를 넘어서는 환상의 불꽃"은 정확히 이러한 현도와 이어져 있다. 음악의 도든, 글씨의 도든, 시작(詩作)의 도든 "환상의 불꽃"이 스미지 않은 도로는 결코 "꿰맨 흔적이 없는 언어의 태피스트리"에 이를 수 없다. 완성된 시를 쓰기 위한 무수한 습작의 과정은 예술의 도에 이르는 것이 얼마나 머나먼 길인지 새삼 보여 준다. 시인은 자기를 세우기 위해 시를 쓰지 않는다. 그러기는커녕 시인은 끊임없이 자기를 버리는 과정을 반복함으로써 기교를 넘어서는 "환상의 불꽃"과 순간적으로 마주하는 기쁨을 맛보려고 한다. 시간 속에서 펼쳐지는 시의 도를 통해 시인은 시간 밖으로 도약하는 마음의 힘을 얻게 되는 셈이다.

김백겸이 달빛 아래서 쓴 시를 물 위에 떠내려 보내는 해프닝에 주목하는 까닭은 여기에 있다. 「월하탄금도」에도 나타나는 이 해프닝의 원인을 시인은 "언어의 초월이 아니라 언어에 절망"한 데서 찾고 있다. 자기를 고집하는 존재는 어느 경우에도 자연과 하나가 될 수 없다. 자연 동화니, 물아일체니 하는 상황은 무엇보다 자연 속에서 자기를 내려놓는 지극한 노력 속에서 뻗어 나온다. 자기를 내려놓은 사람이 어떻게 언어에 집착을 할까? 언어에 절망한 존재는 이렇게 보면 언어를 '통해' 언어 밖으로 나아가려는 꿈을 여전히 품은 존재라고 할 수 있다. 언어에 새겨진 욕망을 있는 그대로 받아들이는 형국이라고나 할까.

김백겸의 시는 물 위에 시를 떠내려 보내던 옛 시인들의 해프닝을 반복하지 않는다. 그는 언어를 초월하는 시의 길이 아니라 언어에 절망하는 시의 길을 운명처럼 받아들인다. 어떤 경우에도 시인은 언어 없이, 달리 말하면 언어를 초월해서 시를 쓸 수 없다. 시어는 이편에 발을 디딘 채로 저편을 넘나드는 경계에 놓여 있다. 시어로 시를 쓰는 시인 또한 이와 다르지 않은 상황에 놓여 있다. 경계에 놓인 시(어)가 경계에 놓인 시인을 이끌어 낸다. 시를 쓰는 순간 시인은 이쪽과 저쪽을 잇는 존재로 다시 태어나는 것이다. 언어에 서린 욕망을 끌어안고 언어 밖으로 나아가는 김백겸의 시학은 이 지점에서 비롯된다고 하겠다.

김백겸의 시작(詩作)은 이렇게 백합의 "영원한 얼굴"(「들판의 백합, 타우마제인」)을 그리려는 학인의 길에서 백합이 내보이는 "환상의 불꽃"을 직관하는 시인의 길로 나아가고 있다. 학인이 사물에 대해 여전히 품고 있는 의문의 시선을 시인은 시간 밖으로 도약하는 마음의 힘으로 털어 내려 한다. 언어로 시를 쓰는 한, 시인은 끊임없이 언어 너머를 향해 의문의 시선을 던질 수밖에 없다. 학인과 시인이 어우러진 자리에 김백겸이 지향하는 시적 주체가 있다. 황혼 녘이 되면 하늘로 날아오르는 지혜의 (검은) 새는 시간 속에서 "늙은 아이"가 되어 가는 시인의 면모를 분명하게 드러낸다. "늙은 아이"는 오늘도 언어를 넘어서는 언어를 들고 우주를 산책한다. 의문과 직관이 서린 시정신으로 그는 흐르는 시간과 맞서고 있는 것이다.